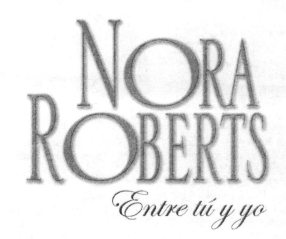

NORA ROBERTS

Entre tú y yo

Editado por HARLEQUIN IBÉRICA, S.A.
Núñez de Balboa, 56
28001 Madrid

Editor responsable: Luis Pugni

I.S.B.N.: 978-84-671-7920-0
Depósito legal: B-43362-2009
Impresión: LIBERDÚPLEX
08791 Sant Llorenç d'Hortons (Barcelona)
Imágenes de cubierta:
Mujer: IMARIN/DREAMSTIME.COM
Negativo: NISERIN/DREAMSTIME.COM
Estrella: WEBKING/DREAMSTIME.COM

Distribuidor para España: MELISA

CAPÍTULO 1

Merle T. Johnson se sentó en uno de los viejos taburetes de vinilo del Annie's Cafe, a siete kilómetros al norte de Friendly, y se entretuvo con una cerveza caliente, escuchando a medias la canción country que sonaba en la radio de la cafetería. *A woman was born to be hurt*, era el lamento de la última esperanza de Nashville. Merle no sabía lo suficiente de las mujeres como para discrepar.

Iba de vuelta a Friendly después de atender la queja del propietario de uno de los ranchos vecinos. Robo de ovejas, pensó mientras bebía cerveza. Habría tenido interés si hubiera sido cierto. Potts se estaba haciendo demasiado viejo como para saber cuántas ovejas tenía, para empezar. Y la sheriff sabía que no había sucedido nada, pensó Merle con desánimo. Allí sentado, en aquella cafetería pequeña y deslucida con olor a hamburguesa y cebolla frita, Merle se lamentaba de aquella injusticia.

No había nada más emocionante en Friendly, Nuevo México, que meter en la celda al viejo Silas cuando se emborrachaba y armaba alboroto los sábados por la noche. Merle T. Johnson había nacido demasiado tarde. Si hubiera nacido en mil ochocientos ochenta, en vez de en mil novecientos ochenta, habría tenido ocasión de perseguir a forajidos, de cabalgar en una partida al mando de la sheriff, de enfrentarse a pistoleros... las cosas que se suponía que debían hacer los ayudantes del sheriff. Y allí estaba él: a punto de cumplir veinticuatro años, y el arresto más importante que había hecho era el de los gemelos Kramer, por estropear la mesa de billar del bar.

Merle se rascó el labio superior, en el que estaba intentando dejarse crecer, sin mucho éxito, un mostacho respetable. La mejor parte de su vida había quedado atrás, pensó, y no había llegado a nada más que a ayudante del sheriff en una ciudad pequeña y olvidada en la que se dedicaba a perseguir a ladrones de ovejas imaginarios.

Ojalá alguien robara el banco. Se imaginó persiguiendo a los ladrones a toda velocidad en medio de un tiroteo. Su foto saldría en los periódicos, quizá por una herida de bala en el hombro. La idea le pareció cada vez más atractiva. Llevaría cabestrillo durante unos días. Si al menos la sheriff le dejara portar un arma…

—Merle T., ¿vas a pagar la cerveza o te vas a quedar ahí soñando todo el día?

Merle volvió a la realidad y se puso rápidamente en pie. Annie lo estaba mirando fijamente, con las manos en las caderas.

—Tengo que irme —murmuró mientras rebuscaba la cartera—. La sheriff necesita mi informe.

Annie soltó un resoplido y extendió la mano. Después de que ella hubiera tomado el billete arrugado, Merle salió sin pedir las vueltas.

La luz del sol era cegadora, brillante. Automáticamente, Merle entrecerró los ojos. Hacía mucho calor y el ambiente estaba polvoriento, y no había una sola nube que interrumpiera el azul duro del cielo ni que filtrara la luz blanca del sol. Se bajó el ala del sombrero hacia la cara mientras caminaba hacia el coche, lamentando no haber tenido valor para pedirle las vueltas a Annie. Tenía la camisa húmeda y pegajosa antes de abrir la puerta.

Merle vio destellos de luz en el parabrisas y el cromo de un coche que se acercaba. Estaba casi a un kilómetro, pensó distraídamente mientras lo veía acercarse por la carretera larga y recta. Siguió observando cómo avanzaba y buscando las llaves en el bolsillo del pantalón. A medida que se aproximaba, a Merle se le quedó la mano inmóvil en el bolsillo. Abrió unos ojos como platos.

«¡Vaya coche!», pensó con asombro y admiración. Uno de aquellos lujosos coches extranjeros, rojo y llamativo. Pasó por delante sin detenerse, y Merle volvió la cabeza para seguir su avance con una sonrisa. Vaya coche. Iba a unos cien kilómetros por hora con toda facilidad. Seguramente tenía uno de aquellos salpicaderos con… ¡A cien kilómetros!

Merle se metió en el coche y arrancó el motor. Encendió la sirena y salió disparado, derrapando sobre la gravilla y sacando humo de la rueda. Estaba en el cielo.

Phil llevaba conduciendo más de ciento treinta kilómetros sin parar. Durante la primera parte del viaje había mantenido una conversación a través del teléfono del coche con su productor de Los Ángeles. Estaba molesto y cansado. El paisaje polvoriento y aquella carretera llana e interminable le molestaban todavía más. Hasta el momento, el viaje había sido una pérdida de tiempo. Había visitado cinco ciudades del suroeste de Nuevo México, y ninguna se adaptaba a sus necesidades. Si su suerte no cambiaba, iban a tener que usar un decorado, y aquél no era su estilo. Estaba buscando una ciudad pequeña, llena de polvo, con pátina. Quería pintura desconchada y algo de suciedad. Buscaba un sitio del que todo el mundo quisiera marcharse y al que nadie quisiera volver.

Phil llevaba tres largos y calurosos días buscando, y no había encontrado nada satisfactorio. Phillip Kincaid, director de cine de éxito, se fiaba de las reacciones instintivas antes de concentrarse en afinar los ángulos. Necesitaba un pueblo que le causara una impresión inmediata, y se le estaba acabando el tiempo.

Huffman, el productor, ya se estaba poniendo nervioso, y quería comenzar con las escenas de estudio. Phil se estaba maldiciendo otra vez por no haber producido él mismo la película cuando pasó por delante del Annie's Cafe. Había conseguido que Huffman lo concediera una semana más, pero si no hallaba la ciudad idónea para situar New Chance, tendría que confiarle a su directora de localizaciones la tarea de encontrarla. Phil frunció el ceño, malhumoradamente, mientras miraba aquella carretera interminable. No quería confiarle a nadie un detalle como aquél. Eso, y su innegable talento, eran las razones de que hubiera tenido tanto éxito a los treinta y cuatro años. Era duro, crítico y voluble, pero trataba cada una de sus películas como si fueran hijos que requerían un cuidado y una paciencia infinitos. No siempre era tan comprensivo con sus actores.

Oyó el sonido de una sirena y sintió cierta curiosidad. Al mirar por el espejo retrovisor, Phil vio un coche de policía sucio, abollado, que quizá algún día fuera blanco. Se dirigía hacia él. Phil soltó un juramento y frenó con resignación. La ráfaga de calor que lo asaltó al abrir la ventanilla no hizo nada por mejorar su estado de ánimo. «Sucio lugar», pensó mientras apagaba el motor. Agujero polvoriento. En aquel momento, echaba de menos su enorme piscina y una buena copa fría.

Merle, extasiado, bajó del coche libreta de multas en mano. Sí señor, aquello sí que era un coche. Era el mejor que él había visto fuera de la televisión. Un Mercedes. Francés, decidió admirativamente. Demonios, había parado un coche francés a menos de tres kilómetros de su pueblo. Tendría algo que contar aquella noche, en la barra del bar, ante una cerveza.

Al principio, el conductor lo decepcionó un poco. No parecía que fuera extranjero, ni siquiera rico. La mirada de Merle pasó de manera ignorante sobre su reloj suizo de oro para fijarse en la camiseta y los vaqueros. Debía de ser un excéntrico, pensó. O quizá el coche fuera robado. A Merle se le aceleró el pulso. Miró al hombre a la cara.

Era delgada y un poco aristocrática. Tenía los rasgos bien definidos y la nariz larga y recta. El gesto de la boca era de aburrimiento. Estaba recién afeitado. Tenía el pelo castaño y un poco largo, ondulado junto a las orejas. En medio de aquel rostro bronceado, destacaban unos ojos de un asombroso color azul, claro como el agua. Su expresión era de aburrimiento, de fastidio. Distante. Aquel hombre no encajaba con la imagen que tenía Merle de un ladrón desesperado de coches de importación.

—¿Sí?

Aquella única sílaba devolvió a Merle a su trabajo.

—¿Tiene prisa? —preguntó.

—Sí.

La respuesta dejó a Merle un poco desconcertado.

—El carné y la documentación del vehículo, por favor —dijo con energía, y se inclinó para mirar al interior del coche por la ventanilla, mientras Phil abría la guantera—. ¡Vaya, mira qué salpicadero! Tiene de todo y un poco más. Un teléfono, un teléfono en el coche. Esos franceses saben lo que hacen.

Phil lo miró.

—Alemanes —corrigió mientras le entregaba la documentación a Merle.

—¿Alemanes? —preguntó Merle con el ceño fruncido—. ¿Está seguro?

—Sí.

Phil sacó el carné de su cartera y se lo entregó a Merle por la ventanilla. El calor entraba en el coche a bocanadas.

Merle tomó los papeles. Estaba completamente seguro de que Mercedes era un nombre francés.

—¿Es éste su coche? —preguntó desconfiadamente.

—Como puede comprobar, por el nombre que fi-

gura en la documentación –respondió Phil con frialdad, señal de que se le estaban crispando los nervios.

Merle estaba leyendo la documentación con calma.

–Ha pasado por delante de Annie's como alma
que lleva el dia… –se interrumpió al acordarse de lo
que le había dicho la sheriff acerca de los coloquialis-
mos en el trabajo–. Lo he parado por exceso de velocidad. He comprobado que iba a ciento doce kilómetros por hora. Supongo que esta maravilla va con
tanta suavidad que uno ni siquiera se da cuenta.

–De hecho, no –respondió Phil. Quizá, si no hubiera estado tan enfadado, y quizá si el calor no estuviera invadiendo el coche sin piedad, él habría hecho
las cosas de forma distinta. Cuando Merle empezó a
ponerle la multa, Phil entornó los ojos–. ¿Y cómo sé
que ha comprobado la velocidad?

–Yo salía de Annie's cuando usted pasó por delante –dijo Merle de manera amistosa–. Si hubiera esperado a que ella me diera las vueltas, no lo habría visto
–añadió con una sonrisa, satisfecho por aquel giro del
destino–. Firme esto. Puede parar en la comisaría del
pueblo y pagarla.

Lentamente, Phil salió del coche. Cuando el sol se
reflejó en su pelo, le arrancó brillos de dolor rojizo.
Merle se acordó de una bandeja de caoba que tenía
su madre. Durante un instante, se quedaron frente a
frente, puesto que ambos eran hombres altos. Sin
embargo, uno era desgarbado y tendía a encorvar los

hombros, mientras que el otro era esbelto, musculoso y recto.

—No —dijo Phil lacónicamente.

—¿No? —preguntó Merle, parpadeando bajo la mirada azul del extraño—. ¿No qué?

—No, no voy a firmar la multa.

—¿Que no va a firmarla? —Merle observó la multa que tenía en la mano—. Pero tiene que hacerlo.

—No, no tengo por qué hacerlo —respondió Phil. Sintió que le caía una gota de sudor por la espalda, e inexplicablemente, aquello lo enfureció—. No voy a firmarla, y no voy a pagar ni un penique a un juez de tres al cuarto que está engordando su cuenta bancaria con esta trampa.

—¡Trampa! —exclamó Merle, más asombrado que ofendido—. Señor, iba usted a más de ciento diez kilómetros por hora, cuando el límite de velocidad está claramente indicado en la señal de la carretera: noventa kilómetros por hora. Todo el mundo sabe que no se puede ir a más de noventa kilómetros por hora.

—¿Y quién dice que yo iba a más de noventa?

—Yo lo vi.

—Es su palabra contra la mía —respondió Phil con frialdad—. ¿Tiene algún testigo?

Merle se quedó boquiabierto.

—Bueno, no, pero... —se echó hacia atrás el sombrero—. Mire, no necesito testigos, soy el ayudante del sheriff. Firme la multa.

Era pura perversidad. Phil no tenía ni la más mínima idea de la velocidad a la que circulaba, ni le importaba especialmente. La carretera era larga y estaba desierta; él tenía la mente puesta en Los Ángeles. Sin embargo, aunque era consciente de que no tenía razón, no estaba dispuesto a tomar el bolígrafo que le ofrecía el ayudante del sheriff.

—No.

—Mire, señor, ya le he impuesto la multa —dijo Merle—. Si no quiere firmarla, tendrá que acompañarme. Y a mi superior no le va a gustar.

Phil sonrió y extendió los brazos con las muñecas juntas. Merle se quedó mirándolo durante un instante, y después miró también, con impotencia, a ambos coches. Phil sintió simpatía por él.

—Tendrá que seguirme —le dijo Merle mientras se guardaba el carné de conducir de Phil.

—¿Y si me niego?

—Bueno, entonces, tendré que llevármelo y dejar ese coche tan bonito aquí. Quizá siga de una pieza cuando venga a llevárselo la grúa, pero…

Phil asintió levemente y subió al coche. Merle se metió en el suyo y condujo hasta Friendly a paso tranquilo. De vez en cuando, saludó con la cabeza a la gente que se detenía para mirar la pequeña procesión. Sacó la mano por la ventanilla para indicarle a Phil que se detuviera frente a la comisaría.

—Está bien. Entre —dijo Merle—. La sheriff querrá hablar con usted.

Merle abrió la puerta y esperó a que su prisionero entrara en la comisaría. Phil vio una pequeña habitación con dos celdas, un tablón de anuncios, un par de sillas y un escritorio viejo. En el techo había un viejo ventilador que movía el aire caliente y chirriaba, y en el suelo había un gran montón de piel color barro que resultó ser un perro. El escritorio estaba lleno de libros y papeles, y también había en él dos tazas de café medio vacías. Sobre todo aquello se inclinaba una mujer de pelo oscuro que estaba escribiendo de manera diligente en un cuaderno legal. Alzó la vista cuando entraron.

Phil se olvidó lo suficiente de su enfado como para darle el papel protagonista en tres películas. Tenía un rostro ovalado, clásico, con los pómulos suavemente marcados y la piel del color dorado de la miel. Su nariz era pequeña y delicada, la boca un poco ancha, carnosa, sensual. Tenía el pelo negro y lo llevaba suelto, cayéndole en ondas por los hombros. Arqueó las cejas a modo de pregunta. Bajo ellas había unos ojos de pestañas espesas, de un color verde oscuro y con una mirada de diversión.

—¿Merle?

Pronunció el hombre con una voz ronca, perezosa y sexy, como la seda negra. Phil conocía a actrices que matarían por una voz como aquélla. Si no se quedaba rígida ante la cámara, pensó él, y el resto de su cuerpo estaba a la altura de la cara… Paseó la mirada hacia abajo. En la parte izquierda del pecho llevaba prendida una pequeña placa de metal. Phil la observó con fascinación.

—Exceso de velocidad, sheriff.

—¿Oh? —con una ligera sonrisa, ella esperó a que los ojos de Phil volvieran hacia arriba. Se había dado cuenta del examen que él le hacía al entrar en la comisaría, de igual modo que reconocía en aquel momento su desconfianza—. ¿Y no tenías bolígrafo, Merle?

—¿Bolígrafo? —con desconcierto, Merle se palpó los bolsillos.

—Yo no estoy dispuesto a firmar la multa —dijo Phil, y se acercó al escritorio para mirarla mejor a la cara—. Sheriff —añadió. Podría filmarla desde cualquier ángulo, pensó, y seguiría siendo magnífica. Quería oírla hablar de nuevo.

Ella le devolvió la mirada.

—Entiendo. ¿A qué velocidad iba, Merle?

—A ciento doce kilómetros por hora. Tory, ¡deberías ver su coche! —exclamó Merle, olvidándose de mantener la compostura.

—Me imagino que lo veré —murmuró ella. Extendió la mano sin apartar la mirada de Phil. Rápidamente, Merle le entregó la documentación.

Phil observó que tenía las manos largas, delgadas y

elegantes. Llevaba las uñas pintadas de rosa claro. ¿Qué demonios estaba haciendo allí? Él se la imaginaba fácilmente en Beverly Hills.

—Bueno, parece que todo está en orden, señor... Kincaid. La multa es de cuarenta dólares —dijo ella—. En efectivo.

—No voy a pagarla.

Ella frunció los labios.

—O cuarenta días —dijo sin pestañear—. Creo que será menos molesto para usted pagar la multa. Nuestro alojamiento no le va a gustar.

Su tono de diversión irritó a Phil.

—No voy a pagar ninguna multa —repitió. Apoyó las palmas de las manos en el escritorio y se inclinó hacia ella. Al hacerlo, percibió un perfume suave, sofisticado—. ¿De veras espera que me crea que es usted la sheriff? ¿Qué clase de chanchullo se traen usted y ese personaje?

Merle abrió la boca para hablar, miró a Tory y volvió a cerrar la boca. Ella se levantó lentamente. Phil se sorprendió al ver que era alta y esbelta como un galgo inglés. Tenía un cuerpo de modelo, largo y flexible, de aquéllos que hacían que uno se preguntara lo que había debajo de su ropa. Aquella mujer convertía unos pantalones vaqueros y una camisa sencilla en un traje de un millón de dólares.

—Yo nunca discuto sobre las creencias, señor Kincaid. Tendrá que vaciarse los bolsillos.

—No voy a hacerlo —respondió él furiosamente.

—Resistencia a la autoridad —dijo Tory, arqueando una ceja—. Eso supone una condena de sesenta días.

Phil dijo algo rápido y grosero. En vez de ofenderse, Tory sonrió.

—Enciérralo, Merle.

—Vamos, espere un minuto...

—No la enfade —le susurró Merle mientras lo dirigía hacia las celdas—. Puede ser más mala que un gato.

—A menos que quiera que nos llevemos su coche con una grúa, y le cobremos eso también —añadió Tory—, debe darle las llaves a Merle —dijo, pasando la mirada por su semblante furioso—. Léele sus derechos, Merle.

—Conozco mis derechos, maldita sea. Quiero hacer una llamada.

—Por supuesto —respondió Tory con otra encantadora sonrisa—. En cuanto le entregue las llaves a Merle.

—Mire... —Phil miró la placa de nuevo—, sheriff —añadió secamente—. No esperará que caiga en un truco tan viejo. Éste —explicó, señalando a Merle con el pulgar—, espera a que llegue un forastero, y entonces intenta sacarle cuarenta dólares. Hay una ley en contra de los controles de velocidad.

Tory escuchó con aparente interés.

—¿Va a firmar la multa, señor Kincaid?

Phil entrecerró los ojos.

–No.

–Entonces, será nuestro invitado durante una temporada.

–No puede condenarme –protestó airadamente Phil–. Un juez…

–Una juez de paz –lo interrumpió Tory, dando golpecitos con la uña contra un pequeño certificado enmarcado. Phil vio el nombre de Victoria L. Ashton. Después, la miró con ironía.

–¿Usted?

–Sí. Práctico, ¿verdad? –dijo ella–. Sesenta días, señor Kincaid, o doscientos cincuenta dólares.

–¡Doscientos cincuenta!

–La fianza es de quinientos. ¿Quiere pagarla?

–La llamada –dijo él, con los dientes apretados.

–Las llaves –contestó ella amablemente.

Entre juramentos, Phil se sacó las llaves del bolsillo y se las arrojó. Tory las cazó al vuelo con facilidad.

–Tiene derecho a hacer una llamada local, señor Kincaid.

–Es conferencia –murmuró él–. Usaré mi tarjeta de crédito.

Después de señalarle el teléfono de su escritorio, Tory le dio las llaves a Merle.

–¡Doscientos cincuenta! –susurró él–. ¿No estás siendo un poco dura?

Tory resopló.

–El señor Hollywood Kincaid necesita que le bajen el ego –respondió ella–. Le vendrá muy bien pudrirse en una celda durante un rato. Llévate el coche al garaje de Bestler, Merle.

–¿Yo? ¿Que lo conduzca yo?

–Déjalo cerrado y trae las llaves –añadió Tory–. Y no toques ninguno de los botones.

–Hasta luego, Tory.

–Hasta luego, Merle –respondió ella, con una mirada de afecto.

Phil esperó con impaciencia mientras respondían al teléfono. Alguien descolgó.

–Bufete de Sherman, Miller y Stein.

Él retomó las palabrotas.

–¿Dónde demonios está Lou? –preguntó.

–El señor Sherman estará fuera de la oficina hasta el lunes –le dijo la operadora–. ¿Quería dejar algún mensaje?

–Soy Phillip Kincaid. Póngase en contacto con Lou y dígale que estoy en… –justo entonces, le lanzó una mirada fulminante a Tory.

–Bienvenido a Friendly, Nuevo México –le dijo ella agradablemente.

–Friendly, Nuevo México –dijo Phil–. En la cárcel, demonios, por una acusación falsa. Dígale que agarre su maletín y tome un avión rápidamente.

–Sí, señor Kincaid. Intentaré localizarlo.

–Localícelo –insistió Phil, y colgó. Cuando comenzó a marcar de nuevo, Tory se acercó calmadamente y colgó el teléfono.

—Una llamada —le recordó.

—Me ha contestado una operadora.

—Mala suerte —respondió ella con una sonrisa resplandeciente, que enfureció y atrajo a Phil a partes iguales—. Su habitación está lista, señor Kincaid.

Phil colgó el teléfono y la miró fijamente.

—No me va a meter a esa celda.

—¿No?

—No.

Tory lo miró con confusión durante un instante. Después se acercó al escritorio.

—Me está poniendo muy difíciles las cosas, señor Kincaid. Debe saber que yo no puedo obligarlo a que entre a la celda por la fuerza. Es más grande que yo.

Su cambio de tono repentino hizo que él fuera más razonable.

—Señorita Ashton…

—Sheriff Ashton —lo corrigió Tory mientras sacaba un revólver del cuarenta y cinco del cajón del escritorio. Su mirada no vaciló mientras Phil observaba la pistola con la boca abierta—. Y ahora, a menos que quiera otra acusación de resistencia a la autoridad en su historial, será mejor que entre por las buenas en esa celda. Acaban de cambiar las sábanas.

Phil estaba asombrado y divertido.

–No esperará que me crea que va a usar esa cosa.

–Ya le he dicho que yo no discuto sobre creencias –dijo ella.

Él la estudió durante un minuto entero. Tenía una mirada muy directa, y muy tranquila. Phil no tuvo ninguna duda de que le haría un agujero en alguna parte de su anatomía que ella considerara sin importancia. Él tenía un sano respeto por su cuerpo.

–Voy a demandarla por esto –murmuró mientras se dirigía a la celda.

La risa de la sheriff era muy atractiva, tanto como para que él se diera la vuelta enfrente de los barrotes. Dios Santo, pensó, le habría gustado enredarse entre sus brazos si ella no tuviera una pistola en la mano. Furioso consigo mismo, Phil entró en la celda.

–¿La frase no es «Cuando salga de aquí, me las pagarás»? –preguntó Tory. Tomó las llaves de un gancho de la pared y cerró la puerta de la celda con un tintineo. Phil, intentando no sonreír, se puso a caminar de un lado a otro–. ¿Quiere una armónica y una taza de hojalata?

Entonces sí sonrió, pero afortunadamente estaba de espaldas a ella. Se dejó caer en el camastro y la miró.

–Acepto la taza si hay café dentro.

–Pues claro, Kincaid. Tiene habitación gratis y manutención en Friendly.

Él observó cómo caminaba hasta el escritorio para guardar de nuevo la pistola. Su forma de caminar le subía la presión sanguínea de una forma muy agradable.

—¿Con leche y azúcar? —le preguntó Tory con amabilidad.

—Solo y sin azúcar.

Tory le sirvió el café, consciente de que él la estaba mirando. Le resultaba divertido, pero también atractivo. Sabía perfectamente quién era. Por encima de su desdén básico por quien consideraba un mujeriego caprichoso, Tory sintió respeto. Kincaid no había intentado influenciarla con su apellido ni su reputación. Se había defendido con su carácter. Y ella sabía que era su carácter lo que le había arrojado a aquella celda.

Demasiado rico, pensó Tory, demasiado exitoso, demasiado atractivo. Y quizá también tuviera demasiado talento. Sus películas eran magníficas. Se preguntó cuáles serían sus impulsos vitales. Parecía que sus películas ofrecían una imagen, y las revistas otra. Con una carcajada suave, pensó en que quizá descubriera la verdad por sí misma mientras él era su «invitado».

—Solo —dijo, mientras atravesaba la habitación con las dos tazas en la mano—. A su gusto.

Él estaba observando cómo se movía, con fluidez, con un suave balanceo de las caderas. Eran aquellas piernas tan largas, pensó Phil, y algo como una seguridad innata. En circunstancias distintas, la habría considerado una mujer muy atractiva. En aquel momento, sin embargo, sólo la consideraba una molestia indignante. En silencio, Phil se levantó del camastro y tomó la taza de café que ella le ofrecía entre los barrotes. Sus dedos se rozaron durante un instante.

—Es una mujer bella, Victoria L. Ashton —murmuró—. E insoportable.

Ella sonrió.

—Sí.

Eso provocó una carcajada de Phil.

—¿Qué demonios está haciendo aquí, jugando a ser la sheriff?

Merle entró por la puerta, con una sonrisa de oreja a oreja.

—Demonios, señor Kincaid, ¡vaya coche! —exclamó mientras le daba las llaves a Tory—. De verdad, podría haberme quedado sentado ahí durante todo el día. A Bestler se le han salido los ojos de las órbitas al verme entrar con él en el garaje.

Con un gruñido, Phil se dio la vuelta y miró por la ventanilla enrejada que había al final de la celda. Frunció el ceño ante la imagen de la ciudad. ¡Qué sitio polvoriento! Parecía que le habían quitado todo el color veinte años antes. Todos los edificios eran de diferentes matices de marrón, y estaban desgastados por el sol implacable. El maldito lugar todavía tenía las pasarelas de madera, pensó mientras le daba un sorbo al café. No había ni una sola capa de pintura que no estuviera desconchada.

Era un pueblo arenoso, aparentemente triste bajo una capa de polvo y letargo. La gente se quedaba en un sitio así cuando no tenían otro sitio al que ir. Volvían cuando habían perdido la esperanza de encontrar algo mejor. Y allí estaba él, metido en una celda tórrida.

De repente, su mente se agudizó.

Al mirar las fachadas de madera reseca, lo vio todo a través de la lente de la cámara. Se agarró a los barrotes de la ventana mientras empezaba a imaginar escena tras escena. Si no hubiera estado tan furioso, lo habría visto al primer momento.

Aquello era Next Chance.

CAPÍTULO 2

Durante los veinte minutos siguientes, Tory no le prestó demasiada atención al prisionero. Parecía que él se conformaba con mirar por la ventana mientras se le enfriaba el café. Después de hablar con Merle, Tory se puso a trabajar.

Tenía una mente aguda, práctica y decidida. Aquellos rasgos habían hecho que su educación fuera más extensa de lo normal. Académicamente había destacado, pero no siempre había sido la favorita de sus profesores. ¿Por qué?, ésa era su pregunta preferida. Además, su temperamento, que podía ser desde plácido a explosivo, la había convertido en una estudiante difícil. Algunos de sus colegas de trabajo la consideraban un fastidio, sobre todo cuando estaban en el bando contrario. A los veintisiete años, Victoria

L. Ashton era una abogada muy astuta y experimentada.

Tenía un bufete en Albuquerque, en una casa antigua y enorme. Compartía la oficina con un contable, un agente inmobiliario y un investigador privado. Durante casi cinco años había vivido en dos habitaciones del tercer piso, mientras mantenía el despacho abajo. Era muy cómodo, y Tory no había tenido intención de alterar la situación ni siquiera cuando pudo permitírselo económicamente.

Profesionalmente, le gustaban los desafíos, pero en su vida personal era más indolente. Nadie podría llamarla perezosa, pero Tory prefería una buena siesta que hacer *jogging*. Concentraba sus energías en el despacho o en la sala del tribunal, y temporalmente, en su puesto de sheriff de Friendly, Nuevo México.

Se sentó en la silla del escritorio y continuó redactando un contrato de asociación para un par de compositores novatos. No siempre era fácil llevar casos a distancia, pero les había dado su palabra. Tomó un poco de café. En otoño estaría de vuelta en Albuquerque, con muchos casos que resolver, y habría cambiado su placa de sheriff por un maletín. Mientras, se acercaba el fin de semana. Día de cobro. Tory sonrió un poco mientras escribía. Friendly se animaba los sábados por la noche. La gente tendía a tomar una cerveza de más. Y había una partida de póquer prevista en el garaje de Bestler, de la que se suponía que ella no tenía ninguna noticia. Tory sabía cuándo era ventajoso hacer la vista gorda. Su padre habría dicho que la gente necesitaba sus pequeñas diversiones.

Se inclinó hacia atrás para repasar lo que había escrito, y puso un pie sobre el escritorio mientras se enroscaba un mechón de pelo en el dedo. Phil salió bruscamente de su ensimismamiento y se acercó a los barrotes.

—¡Tengo que hacer una llamada! —exclamó. Todo lo que había visto desde el ventanuco de la celda le había convencido de que era el destino lo que le había guiado a Friendly.

Tory terminó de leer un párrafo y alzó la vista.

—Ya ha hecho su llamada telefónica, señor Kincaid. ¿Por qué no se relaja? Tome ejemplo de Dinamita, ahí —le sugirió, señalando con el índice al perro—. Échese una siesta.

Phil se agarró a los barrotes e intentó sacudirlos.

—Tengo que usar el teléfono. Es importante.

—Siempre lo es —murmuró Tory antes de volver a bajar la vista hacia el papel.

Phil decidió sacrificar sus principios en aras de la conveniencia.

—Mire, firmaré la multa, pero déjeme salir de aquí.

—Claro que puede firmar la multa —respondió ella agradablemente—, pero con eso no saldrá de ahí. También tiene un cargo por resistencia a la autoridad.

—Eso es una acusación falsa...

—Y podría añadir alteración del orden público —añadió Tory con una sonrisa.

Aquel hombre estaba furioso. Se notaba en la posición rígida de su cuerpo, en la seriedad de su boca y en lo sombrío de su mirada. Tory sintió una punzada en el estómago. Oh, sí, entendía muy bien por qué su nombre se relacionaba con el de muchas mujeres atractivas. Seguramente, él era el ejemplar masculino más bello que ella hubiera visto en su vida. Su actitud distante tenía un matiz aristocrático, unido a un físico extraordinario y a un temperamento explosivo. Era como un gato elegante, sin domesticar.

Se miraron con antagonismo, en silencio, durante un largo momento. Los ojos de Phil eran pétreos; los de Tory, calmados.

—Está bien —murmuró él—. ¿Cuánto?

Tory arqueó una ceja.

—¿Un soborno, Kincaid?

—No. ¿Cuánto es la multa... sheriff?

—Doscientos cincuenta dólares —dijo ella—. O puede pagar la fianza de quinientos.

Phil se sacó la cartera del bolsillo malhumoradamente, pero no tenía más que cien dólares. Miró a Tory: seguía sonriendo. Pensó que podría estrangularla, pero decidió usar otra táctica. El encanto siempre le había dado buenos resultados con las mujeres.

—Antes perdí los estribos, sheriff —comenzó a decirle con una sonrisa por la que era famoso–. Disculpe. Llevo varios días en la carretera, y su ayudante me puso nervioso –Tory siguió sonriendo–. Si le he dicho algo improcedente, ha sido porque usted no encaja con la idea que tengo del sheriff de un pueblo pequeño –añadió, y al sonreír, su atractivo se volvió más juvenil; Tom Sawyer sorprendido con la mano en el bote de las galletas.

Tory levantó una de sus piernas largas y esbeltas y la cruzó sobre la otra, en el escritorio.

–¿Está corto de fondos, Kincaid?

Phil apretó los dientes para contener una respuesta furiosa.

–No me gusta llevar demasiado dinero encima cuando estoy en la carretera.

–Muy sabio –convino ella–, pero no aceptamos tarjetas de crédito.

–¡Maldita sea, tengo que salir de aquí!

Tory lo observó sin ningún apasionamiento.

–No puedo tragarme lo de la claustrofobia –le dijo–. He leído que se arrastró por una tubería de dos metros para comprobar el ángulo de la cámara en *Noches de desesperación*.

–No es... –Phil se quedó callado. Entrecerró los ojos–. ¿Sabe quién soy?

–Oh, voy al cine un par de veces al año –respondió ella.

Phil entrecerró aún más los ojos.

—Si esto es un timo…

La carcajada de Tory lo interrumpió.

—Empieza a mostrar su engreimiento —dijo, y al ver la expresión de incredulidad de su prisionero, ella se echó a reír de nuevo—. Kincaid, no me importa quién es ni cómo se gana la vida. Es usted un hombre malhumorado que se negó a acatar la ley y se volvió detestable —Tory se acercó a la celda, y de nuevo, él percibió aquel perfume sutil que encajaba mejor con la seda francesa que con un par de vaqueros desgastados—. Estoy obligada a rehabilitarlo.

Él se olvidó de su ira en la simple apreciación de aquella belleza tan descarada.

—Dios, tiene una cara maravillosa —murmuró—. Podría hacer una película entera con esa cara.

Aquellas palabras sorprendieron a Tory. Ella sabía que era atractiva físicamente. Había oído muchas veces a los hombres lanzarle piropos. Aquello no era un piropo, pero el tono de voz y la mirada de Kincaid tenían algo que le produjo un temblor en la espalda. No protestó cuando él sacó una mano por los barrotes para acariciarle el pelo. Él dejó que le cayera por entre los dedos mientras la miraba a los ojos.

Tory sintió una calidez a la que se consideraba inmune. La atravesó como si hubiera salido al sol de una habitación fresca y en penumbra. Se quedó asombrada, pero se mantuvo erguida y absorbió aquel calor.

Un hombre peligroso, pensó. Muy peligroso. Vio una chispa de deseo en sus ojos, y después, un brillo de diversión. Mientras ella lo observaba, él sonrió.

—Nena —dijo—, yo podría convertirte en una estrella.

Aquellas palabras tan manidas acabaron con la tensión y consiguieron que ella se echara a reír.

—Me alegro de que se relaje, Kincaid. Su amigo vendrá pronto a pagar la fianza.

—El alcalde —dijo Phil, con una súbita inspiración—. Quiero ver al alcalde. Tengo que proponerle un negocio —añadió.

—Oh —murmuró Tory—. Bueno, dudo que pueda complacerlo en sábado. El alcalde sale a pescar los sábados. ¿Quiere contármelo a mí?

—No.

—De acuerdo. A propósito, su última película debería haberse llevado el Oscar. Es la película más bella que he visto en mi vida.

Aquel súbito cambio de actitud desconcertó a Phil. Con cautela, observó su cara, pero no vio otra cosa que sinceridad.

—Gracias.

—No parece de los que pueden hacer una película con inteligencia, integridad y emoción.

Él soltó una medio carcajada.

—¿Y se supone que tengo que darle las gracias por eso también?

33

—No necesariamente. Es sólo que usted parece de los que sólo se preocupan de ir por ahí con famosas pechugonas. ¿Cómo encuentra tiempo para trabajar?

Phil sacudió la cabeza.

—Me las arreglo —dijo.

—Necesita mucha resistencia.

Él sonrió.

—¿El qué? ¿El trabajo o las famosas pechugonas?

—Supongo que usted conoce la respuesta. A propósito, no le diga a Merle que hace películas. Comenzará a caminar como John Wayne y nos volverá locos a todos.

Ambos sonrieron, y se observaron el uno al otro en silencio, con cautela. Había surgido una atracción mutua que no complacía a ninguno de los dos.

—Sheriff —dijo Phil en tono amistoso—, una llamada de teléfono. Tenga piedad.

A Tory se le curvaron los labios, pero antes de que pudiera asentir, alguien entró por la puerta.

—¡Sheriff!

—Estoy aquí, señor Hollister —dijo ella, y miró al hombre grueso e iracundo y al adolescente delgado y asustado que había arrastrado a la comisaría—. ¿Cuál es el problema?

—Estos gamberros —dijo el señor Hollister, jadeando por el esfuerzo de haber corrido—. ¡Ya le advertí en su contra!

—¿Los gemelos Kramer? —Tory se sentó en una esquina de su escritorio, y miró la mano regordeta que agarraba el brazo delgado del chico–. ¿Por qué no se sienta, señor Hollister? Tú... –miró directamente al chico–, eres Tod, ¿verdad?

El muchacho tragó saliva.

–Sí, señora... Sheriff. Tod Swanson.

–Ve a buscarle un vaso de agua al señor Hollister, Tod. Es por ahí.

–Se escapará por la puerta trasera antes de que usted se dé cuenta –dijo Hollister, y se sacó un pañuelo del bolsillo para secarse el sudor de la frente.

–No, no va a escapar –respondió ella, y le hizo un gesto al chico mientras le ofrecía una silla al señor Hollister–. Siéntese, vamos, antes de que se ponga enfermo

–¡Enfermo! –dijo Hollister, mientras se dejaba caer en la silla–. Ya estoy enfermo. Esos... esos gamberros.

–Sí, los gemelos Kramer.

Tory esperó pacientemente hasta que él completó una disertación extensa e incoherente sobre la juventud. Phil tuvo la oportunidad de hacer lo que mejor se le daba: observar y asimilar.

Se dio cuenta de que Hollister era un viejo intolerante con algo de miedo hacia la generación joven. Estaba sudando profusamente mientras hablaba. Tory lo observaba con respeto, pero Phil se dio cuenta de que golpeaba suavemente con el dedo índice en su rodilla, mientras seguía sentada al borde del escritorio.

El chico volvió con el vaso de agua, con las mejillas muy rojas. Phil sacó en conclusión que le había costado mucho no salir huyendo por la puerta de atrás. Pensó que el niño tendría unos trece años, y que estaba muy asustado. Tenía una cara suave y atractiva, el pelo moreno y unos enormes ojos marrones que querían mirar a todas partes a la vez. Estaba muy delgado, y tenía los pantalones vaqueros y la camisa sucios y desgastados, casi rasgados. Le entregó el vaso a Tory con la mano temblorosa, y Phil se dio cuenta de que cuando ella agarró el vaso, le apretó la mano para reconfortarlo. A Phillip comenzó a caerle bien Tory.

—Aquí tiene —dijo ella, entregándole el vaso a Hollister—. Bébase esto, y después cuénteme lo que ha pasado.

Hollister apuró el vaso de dos tragos.

—Esos gamberros siempre están merodeando por la parte trasera de mi almacén. Los he echado de allí una docena de veces. Entran y roban lo que pueden. Ya se lo he dicho.

—Sí, señor Hollister. ¿Qué ha pasado esta vez?

—Me han roto la ventana de una pedrada —dijo, y enrojeció de manera alarmante otra vez—. Éste estaba con ellos. No corrió lo suficiente.

—Entiendo —dijo Tory, y miró a Tod, que tenía los

ojos fijos en las punteras de sus zapatillas deportivas–. ¿Quién tiró la piedra?

–No vi quién, pero agarré a éste –respondió Hollister–. Voy a demandarlo.

Phil vio palidecer al chico. Aunque Tory continuó mirando a Hollister, puso una mano en el brazo de Tod.

–Ve a sentarte a la habitación de atrás, Tod –le dijo, y esperó a que el muchacho se hubiera ido–. Hizo lo correcto trayéndolo aquí, señor Hollister –sonrió; después, añadió–: y asustándolo.

–Deberían encerrarlo –dijo el hombre.

–Pero eso no le arreglará a usted la ventana –respondió ella razonablemente–. Y haría que el chico se convirtiera en un héroe a ojos de los gemelos.

–En mis tiempos…

–Supongo que mi padre y usted nunca rompieron una ventana –dijo, sin perder la sonrisa. Hollister comenzó a tartamudear, y después resopló–. Mira, Tory…

–Deje que yo lo arregle, señor Hollister. Este chico debe de tener tres años menos que los gemelos Kramer –dijo–. Podría haberse escapado.

–Pero no lo intentó. Se quedó allí parado. Y mi ventana…

–¿Cuánto cuesta arreglarla?

Hollister lo pensó durante unos instantes.

–Creo que unos veinticinco dólares.

Tory rodeó el escritorio y abrió un cajón. Después de contar unos billetes, se los entregó.

–Tiene mi palabra de que me encargaré de él, y de los gemelos.

–Igual que tu padre –murmuró Hollister, y después, con torpeza, le dio unos golpecitos afectuosos en la cabeza a Tory–. No quiero que esos Kramer se acerquen a mi tienda.

–Me ocuparé de ello.

Él asintió y se marchó.

Tory se sentó en el escritorio de nuevo y se miró la bota izquierda. Ella no era igual que su padre, pensó. Él siempre estaba seguro de las cosas, y ella siempre estaba dudando.

Phil la oyó suspirar, y se preguntó por qué.

–Tod –dijo Tory, y esperó a que el chico acudiera a su llamada. Estaba muy pálido, y ella sintió que se le derretía el corazón, pero habló con energía–. No voy a preguntarte quién tiró la piedra –comenzó. Tod abrió la boca, pero la cerró y negó con la cabeza–. ¿Por qué no echaste a correr?

–No… no podía… Creo que estaba muy asustado.

–¿Cuántos años tienes, Tod?

–Catorce, sheriff. De verdad. Los cumplí el mes pasado.

–Los gemelos Kramer tienen dieciséis. ¿No tienes amigos de tu edad?

Él se encogió de hombros.

—Tengo que llevarte a casa y hablar con tu padre, Tod.

Si antes estaba asustado, en aquel momento sus ojos se llenaron de terror. Aquella mirada le borró de la mente a Tory el sermón que pensaba echarle.

—Por favor —murmuró el chico.

—Tod, ¿tienes miedo de tu padre? —preguntó ella, pero él no dijo nada—. ¿Te pega?

El chico se humedeció los labios y comenzó a temblar.

—Tod —insistió Tory, con mucha suavidad—. Puedes decírmelo. Estoy aquí para ayudarte.

—Él... —dijo Tod, pero después sacudió la cabeza—. No, señora.

Frustrada, Tory observó la súplica de sus ojos.

—Bueno, entonces, ya que es un primer delito, quizá podamos mantenerlo entre nosotros.

—¿Señora?

—Tod Swanson, has sido detenido por daños malintencionados. ¿Entiendes la acusación?

—Sí, sheriff —respondió, y comenzó a temblar.

—Debes veinticinco dólares por daños, y para devolverlos, trabajaras después de clase y durante los fines de semana, a razón de dos dólares por hora. Estás condenado a un periodo de prueba de seis meses, durante los cuales te mantendrás alejado de las mujeres de vida alegre, del alcohol y de los gemelos Kramer. Vendrás a entrevistarte conmigo una vez a la

semana, porque yo seré tu oficial de la libertad con-
dicional.

Tod la miró, intentando comprenderla.

—No... ¿no va a decírselo a mi padre?

Tory se levantó lentamente. Él sólo era unos centímetros más bajo que ella, así que alzó la vista con
desconcierto y esperanza.

—No —dijo Tory, y le puso las manos sobre los
hombros—. No me falles.

A él se le llenaron los ojos de lágrimas, y parpadeó
para contenerlas. Tory tuvo ganas de abrazarlo, pero
sabía que no debía hacerlo.

—Ven mañana por la mañana. Tendré algo de trabajo para ti.

—Sí, sí señora. Sheriff —respondió Tod, y comenzó
a retroceder cautelosamente, como si esperara que
ella cambiara de opinión—. Aquí estaré, sheriff. Gracias —dijo, y salió rápidamente de la comisaría. Tory
se quedó mirando la puerta cerrada.

—Bueno, sheriff —dijo Phil—, es usted toda una dama.

Tory se volvió y vio que Phil la estaba observando
con una expresión rara. Por primera vez, experimen-
tó todo el impacto de sus ojos azul claro. Se sintió
desconcertada y volvió a su escritorio.

—¿Ha disfrutado viendo trabajar los engranajes de
la justicia, Kincaid? —le preguntó.

—Pues sí —dijo él—. Has hecho lo mejor para ese
chico.

—¿De veras? Bueno, ya veremos. ¿Habías visto alguna vez a un niño maltratado, Kincaid? Me apuesto ese reloj de mil quinientos dólares que llevas a que acaba de salir uno de aquí. Y no puedo hacer nada por él.

—Hay leyes —dijo él.

—Y leyes —murmuró Tory. La puerta se abrió en aquel momento—. Merle. Bien. Quédate aquí. Yo tengo que ir a casa de los Kramer.

—¿Los gemelos?

—¿Quiénes iban a ser? —Tory se levantó y tomó su sombrero de una percha de la pared—. De paso, iré por la cena y traeré algo para nuestro invitado. ¿Qué le parece un estofado, Kincaid?

—Filete, poco hecho —respondió él—. Ensalada del Chef con vinagreta y un buen Bordeaux.

—No dejes que te intimide, Merle —le advirtió la sheriff a su ayudante mientras salía—. Es un pastelito de nata.

—¡Sheriff, la llamada! —gritó Phil mientras ella cerraba la puerta después de salir.

Con un suspiro, Tory metió la cabeza en la comisaría.

—Merle, deja que use el teléfono. Una vez —añadió firmemente, y después se marchó.

Noventa minutos más tarde, Tory volvió con una cesta de mimbre al brazo. Phil estaba sentado en su camastro, fumando tranquilamente. Merle había puesto los pies sobre el escritorio y tenía la cara tapada con el sombrero. Roncaba suavemente.

—¿Se ha acabado la fiesta? —preguntó Tory.

Phil la miró en silencio. Riéndose, ella se acercó a Merle y le clavó el dedo en el hombro. Él se puso en pie como un rayo.

—Hola, Tory —murmuró, mientras se agachaba a recoger el sombrero del suelo.

—¿Algún problema con el prisionero? —le preguntó.

Merle la miró sin comprender la pregunta, pero después sonrió tímidamente.

—Vamos, Tory.

—Ve a comer algo. Pásate por el bar de Hernández y por los billares antes de que termine tu turno.

—Sí, de acuerdo —dijo él, pero miró de reojo a Phil—. Alguno tiene que quedarse aquí esta noche.

—Yo me quedaré —respondió ella. Tomó las llaves y se dirigió hacia la celda—. Tengo ropa para cambiarme en la habitación trasera.

—Sí, pero, Tory...

Quería decir que ella, después de todo, era una mujer, y el prisionero la había mirado un par de veces con mucho interés.

—¿Sí? —Tory se detuvo ante la celda de Phil.

—Nada —murmuró Merle, acordándose de que Tory podía arreglárselas sola, como había hecho siempre. Se ruborizó antes de salir por la puerta.

—¿No es una dulzura? —murmuró—. Estaba preocupado por mi virtud.

Al oír el resoplido de Phil, arqueó irónicamente una ceja.

—¿Es que no sabe nada de esa pistola que hay en el cajón del escritorio?

—Claro que lo sabe —dijo Tory mientras abría la celda—. Le dije que si jugaba con ella, le rompería los dedos. ¿Tiene hambre?

Phil sonrió dubitativamente.

—Quizá.

—Oh, vamos, anímese —le ordenó Tory—. ¿No ha podido hacer su llamada de teléfono?

Hablaba como si estuviera consolando a un niño enrabietado. Eso hizo que Phil sonriera de mala gana.

—Sí, hice mi llamada.

Como la conversación con el productor había ido bien, Phil estaba dispuesto a ser sociable. Además, se moría de hambre.

—¿Qué hay ahí dentro?

—Una chuleta poco hecha, ensalada, patata asada...

—¡Está de broma! —exclamó Phil. Se levantó rápidamente y comenzó a mirar en el interior de la cesta.

—Yo no bromeo con la comida de un hombre, Kincaid. Soy humanitaria.

—Le diré exactamente lo que creo que es después de haber comido —dijo Phil. Apartó la envoltura de papel de aluminio del plato y descubrió la chuleta. El aroma le llegó directamente al estómago. Arrastró la silla de la celda y se dispuso a devorar la cena gratis.

—No especificó qué quería de postre, así que he traído tarta de manzana —dijo Tory, y sacó un buen pedazo de tarta de la cesta.

—Puede que modifique mi opinión sobre usted —le dijo Phil entre bocados.

—No haga nada apresurado.

—Dígame, sheriff —dijo Phil, y señaló al perro, que seguía dormido, con el tenedor—. ¿Esa cosa nunca se mueve?

—No, si puede evitarlo.

—¿Está vivo?

—La última vez que lo miré, sí —respondió Tory—. Siento lo del Bordeaux —continuó—. Va contra las normas. Le he traído un refresco.

Phil asintió y extendió la mano.

—¿Y lo del alcalde?

—Le dejé un mensaje. Probablemente vendrá a verlo mañana.

Phil abrió la botella y frunció el ceño.

—No pensará obligarme a dormir en este lugar.

Tory lo miró con la cabeza ladeada.

—Tiene una visión extraña de la ley, Kincaid. ¿Cree que debería reservarle una habitación en un hotel?

Él tragó un poco de chuleta con el refresco e hizo un mohín.

—Es una tipa dura, sheriff.

—Sí —respondió ella. Sonriendo, se sentó al borde del camastro—. ¿Qué tal está su cena?

—Está buena. ¿Quiere un poco?

—No. Ya he cenado —dijo Tory. Después, ambos se observaron especulativamente. Tory habló primero—. ¿Qué está haciendo Phillip C. Kincaid, el niño prodigio, en Friendly, Nuevo México?

—Estaba de paso —respondió él con cautela. No quería hablar de sus planes con ella. Tenía el presentimiento de que se encontraría con una firme oposición.

—A ciento doce kilómetros por hora —le recordó ella.

—Quizá.

Con una carcajada, Tory se apoyó contra la pared de ladrillo. Él observó cómo el pelo le caía perezosamente sobre el pecho. Un hombre estaría loco si se relacionara con aquella dama, pensó. Phillip Kincaid estaba perfectamente cuerdo.

—¿Y qué está haciendo Victoria L. Ashton con una placa de sheriff en Friendly, Nuevo México?

Ella lo observó con una expresión extraña.

—Cumplir con una obligación —dijo suavemente.

—No encajas en ese papel —dijo Phil—. Soy experto en quién encaja y no encaja en un papel.

—¿Por qué no?

—Tienes las manos demasiado suaves —dijo Phil y,

pensativamente, tomó otro bocado–. No tan suaves como esperaba cuando vi tu cara, pero demasiado suaves. No te las cuidas mucho, pero tampoco trabajas con ellas.

–Una sheriff no trabaja con las manos –respondió Tory.

–Una sheriff tampoco lleva un perfume caro que fue diseñado para volver locos a los hombres.

Ella arqueó las cejas.

–¿Para eso fue diseñado?

–Una sheriff –prosiguió él– no tiene aspecto, normalmente, de acabar de salir de la portada de *Harper's Bazaar*, no trata a su ayudante como si fuera su hermano pequeño, ni paga la multa de un chico de su propio bolsillo.

–Vaya, vaya –dijo Tory lentamente–. Eres observador.

Él se encogió de hombros mientras seguía comiendo.

–Bueno, y entonces, ¿qué papel me daría usted?

–Se me ocurrieron varios en cuanto la vi –dijo Phil, sacudiendo la cabeza mientras terminaba la chuleta–. Ahora ya no estoy tan seguro. No es una flor frágil del desierto –dijo, y cuando ella sonrió, él continuó–. Podría serlo si quisiera, pero no lo es. No es tampoco una mujer sofisticada, aunque también eso es una elección –tomó el pedazo de tarta y se sentó junto a ella en el camastro–. ¿Sabe? Hay mucha gente en este mundo a quien le encantaría tenerme como espectador atento mientras cuentan la historia de su vida.

—Por lo menos, tres o cuatro —dijo ella.

—Es usted muy áspera para mi ego, sheriff —respondió Phil. Probó la tarta, asintió con aprobación y le ofreció a ella el siguiente bocado. Tory abrió la boca y mordió. La tarta era aromática y todavía estaba caliente.

—¿Qué quiere saber? —le preguntó.

—Por qué está metiendo a hombres en la cárcel en vez de romperles el corazón.

Ella se echó a reír.

—Me crié en este pueblo.

—Pero no se quedó a vivir aquí. Es demasiado refinada, Victoria —dijo él—. Y ese refinamiento no lo adquirió en Friendly.

—Harvard —le dijo ella—. Derecho.

—Ah —dijo Phil, y asintió—. Eso sí encaja. ¿Y por qué no ejerce?

—Sí ejerzo. Tengo un bufete en Albuquerque.

—¿Y cómo puede ejercer la abogacía en Albuquerque y trabajar de sheriff en Friendly?

—No he aceptado casos nuevos durante una temporada, así que ahora estoy bastante libre de trabajo. Hago lo que puedo sobre el papel, y hago viajes relámpago cuando es necesario.

—¿Es buena abogada?

—Una magnífica abogada, Kincaid, pero no puedo representarlo. Falta de ética.

Él le dio otro bocado de tarta.

—Entonces, ¿para qué ha vuelto a Friendly?

—Es usted muy cotilla, ¿verdad?

—Sí.

Tory se echó a reír.

—Mi padre fue sheriff aquí durante años —respondió. De repente, la tristeza se adueñó de su mirada, pero ella la controló rápidamente—. Supongo que, a su modo, con calma, mantuvo a la ciudad unida, tal y como es. Cuando murió, nadie sabía qué hacer. Parece raro, pero en un pueblo de este tamaño, una sola persona puede representar una gran diferencia en la vida de la comunidad, y él era... un hombre muy especial.

La herida todavía no estaba cerrada, pensó él, observándola fijamente. Se preguntó cuánto tiempo hacía que había muerto su padre.

—Entonces, el alcalde me pidió que lo sustituyera hasta que las cosas se normalizaran otra vez, y como tenía que quedarme para arreglar unos cuantos asuntos personales de todos modos, acepté. Nadie quería el trabajo salvo Merle, y él... —Tory se rió con calidez—. Bueno, todavía no está preparado. Yo conozco la ley y conozco el pueblo. En pocos meses celebrarán las elecciones. Yo no voy a presentarme. ¿He satisfecho su curiosidad?

Bajo la dura luz de la celda, su piel era perfecta, y sus ojos de un verde intenso. Phil le acarició el pelo sin poder evitarlo.

—No —murmuró.

Aunque él no dejó de mirarla a los ojos, ella se sintió como si él estuviera observándola al completo, lentamente, con gran cuidado. Inesperadamente, se le quedó la boca seca. Se levantó.

—Pues debería —dijo con ligereza, mientras recogía los platos sucios—. La próxima vez que cenemos juntos, espero que me cuente la historia de su vida —añadió. Cuando sintió su mano en el brazo, se detuvo. Tory miró sus dedos y, despacio, alzó la vista hasta sus ojos.

—Kincaid —le dijo suavemente—. Ya tiene suficientes problemas.

—Ya estoy en la cárcel —contestó él, mientras hacía que ella se diera la vuelta.

—La duración de su estancia puede aumentar fácilmente.

Sabiendo que debería resistirse, pero que no podía, Phil la tomó entre sus brazos.

—¿Cuánto tiempo puede caerme por hacer el amor con la sheriff?

—Lo que va a caerle es una costilla rota si no me suelta.

«Mal calculado», pensó ella. Aquel hombre no podía ser inofensivo. Después de eso, llegó el pensamiento de lo maravilloso que era sentirse abrazada contra su cuerpo. Su boca estaba muy cerca y era muy tentadora. Y, sencillamente, no era posible olvidar su situación.

—Tory —murmuró él—. Me gusta cómo suena.

Phil le pasó los dedos por la espina dorsal y después los enredó entre su pelo. Al tenerla apretada contra su pecho, notó el temblor de su respuesta.

—Creo que voy a tener que tenerte.

Luchar contra él no iba a funcionar, como no habían funcionado las amenazas. Cuando Tory notó que le hervía la sangre, supo que tenía que actuar con rapidez. Echó la cabeza hacia atrás y arqueó una ceja con desdén.

—¿Es que nunca lo ha rechazado ninguna mujer, Kincaid?

Entonces, ella vio la ira en sus ojos y sintió que sus dedos se crispaban. Tory se obligó a continuar relajada. Estaba excitada, pero lo ignoró. Aunque el contacto masculino de él la atraía con fuerza, el temperamento que se reflejaba en sus ojos la aconsejó que no volviera a calcular mal. Siguieron juntos durante un instante.

Phil se relajó y retrocedió para observarla.

—Habrá otra oportunidad —dijo—, y otro lugar.

Con calma aparente, Tory comenzó a recoger los platos de nuevo. Le latía el corazón en la garganta.

—Tendrá la misma respuesta.

—Y un cuerno.

Molesta, ella se volvió hacia él.

—Será mejor que siga con sus rubias tontas —le advirtió con frialdad—. Son muy fotogénicas colgadas de su brazo.

Él se dio cuenta de que estaba enfadada, y de que la había afectado mucho más de lo que dejaba entrever. Al darse cuenta de que tenía ventaja, Phil se acercó a ella de nuevo.

—¿Nunca se quita la placa, sheriff?

—De vez en cuando.

—¿Cuándo?

—Eso es irrelevante.

—No lo será —dijo él con una sonrisa, y le acarició el labio inferior con un dedo—. Voy a pasar mucho tiempo saboreando esa preciosa boca.

Tory se apartó de él.

—Me temo que no tendrá oportunidad ni tiempo.

—Voy a encontrar la oportunidad y el tiempo para hacer el amor contigo muchas veces, sheriff —dijo entonces él, con una sonrisa burlona.

Tal y como Phil había supuesto, los ojos de Tory se encendieron de furia.

—Eres un idiota engreído —respondió ella en voz baja—. ¿De verdad crees que eres irresistible?

—Pues claro —dijo él, con la misma sonrisa—. ¿Tú no?

—Yo creo que eres un burro caprichoso y egocéntrico.

Él también se enfadó, pero fue capaz de controlarse. Si no lo hacía, perdería la ventaja. Se acercó con una sonrisa en los labios.

—¿De verdad? ¿Es una opinión legal o personal?

Ella echó hacia atrás la cabeza, furiosa.

—Mi opinión personal es...

Entonces, Phil la interrumpió con un beso duro, doloroso.

Tory, que se había quedado asombrada, no opuso resistencia. Cuando se recuperó, estaba demasiado involucrada como para forcejear. Él la sedujo de un modo experto, haciendo que separara los labios para poder explorarla profundamente, sin prisas. Ella respondió por puro placer. La boca de Phil era dura, y después suave, dócil, y después exigente. Él la llevó a una montaña rusa de sensaciones. Antes de que Tory pudiera reponerse del primer descenso vertiginoso, estaban ascendiendo de nuevo. Ella se aferró a él, esperando la siguiente explosión de velocidad. Por un momento, Phil permitió que ella tomara las riendas; después, tomándola por la nuca, le presionó los labios por última vez, con fuerza. Quería que ella se quedara débil, laxa, quería conquistarla por completo.

Cuando la liberó, Tory permaneció inmóvil, intentando recordar qué había ocurrido. La confusión de su mirada le proporcionó a Phil un gran placer.

—Me declaro culpable, Señoría —dijo, mientras volvía al camastro—. Y ha merecido la pena.

Una furia rápida y cegadora reemplazó todas las demás emociones. Se acercó a él como una exhalación y lo agarró por la pechera de la camisa. Phil no se resistió, pero sonrió.

—Brutalidad policial —le recordó él. Tory lo maldijo con fluidez y con tanto estilo, que él no pudo disimular su admiración—. ¿Aprendiste eso en Harvard? —le preguntó, cuando ella hizo una pausa para tomar aliento.

Tory lo soltó de un empujón y se dio la vuelta para tomar la cesta. Cerró de un portazo furioso y salió de la comisaría sin mirar atrás.

Phil, sonriendo, se tumbó en el catre y encendió un cigarro. Ella había ganado el primer asalto, se dijo. Sin embargo, él había ganado el segundo. Mientras expulsaba una voluta de humo, comenzó a especular sobre el tercero.

CAPÍTULO 3

Cuando sonó el despertador, Tory lo tiró al suelo de un manotazo y metió la cabeza bajo la almohada. Por las mañanas no estaba en su mejor momento. Después de una buena noche de descanso tenía tendencia a estar malhumorada. Después de pasar una mala noche, era peligrosa.

Y la mayor parte de la noche anterior había estado dando vueltas en la cama. Lo ocurrido con Phil la había dejado furiosa, no sólo porque él hubiera ganado, sino porque ella había disfrutado plenamente de aquel instante de placer ciego. Y lo peor era que él no iba a recibir ningún castigo. Tory no podía valerse de la ley para castigarlo por algo que había sido estrictamente personal. Había sido culpa suya, por bajar la guardia. Había disfrutado hablando con él, discutiendo con alguien tan rápido con las palabras. Echaba de menos medir ingenios con un hombre.

Sin embargo, eso no era excusa. Él había conseguido que ella olvidara su deber, y se lo había pasado bien haciéndolo. Disgustada, Tory lanzó la almohada a un lado y cerró los ojos bajo la luz brillante del sol. Había aprendido a esquivar las insinuaciones de los hombres desde que era adolescente. ¿Por qué había sucumbido en aquella ocasión? No quería analizarlo. Malhumoradamente, se levantó y comenzó a vestirse.

Le dolían todos los músculos del cuerpo. Phil estiró las piernas y soltó un gruñido. Casi le parecía que Tory había puesto bultos en el colchón sólo para él. Con cautela, abrió un ojo y miró al hombre que había en la otra celda. El hombre seguía durmiendo, exactamente igual que había hecho desde que Tory lo había dejado en el camastro, la noche anterior. Roncaba escandalosamente. Cuando ella lo había llevado a la comisaría, a Phil le había resultado divertido. El hombre pesaba dos veces más que ella y estaba plácidamente ebrio. La había llamado «la buena de Tory» y ella lo había maldecido sin ganas mientras maniobraba para meterlo a la celda. Treinta minutos después de estar oyendo sus ronquidos, a Phil se le había pasado el buen humor.

Tory no le había dicho ni una palabra. Phil había observado con interés su lucha con el borracho, y le había complacido constatar que ella seguía furiosa. Había entrado y salido de la oficina varias veces antes de medianoche, y después había cerrado la puerta con llave en silencio. A él le había divertido aquello, pero entonces había cometido un error fatal: cuando ella se había ido a la habitación trasera para acostarse, él se había torturado observando los movimientos de su sombra en la pared mientras ella se desnudaba. Eso, unido a un colchón imposible y a un borracho que roncaba, le había hecho pasar una noche muy inquieta. No se había despertado de muy buen humor.

Se sentó con un gesto de dolor y le lanzó una mirada asesina al hombre de la celda contigua. Tenía una cara ancha de querubín, rodeada por un círculo de pelo rizado y rubio. Phil se pasó la mano por la barbilla y notó la aspereza de la barba. Era un hombre maniático, y se sentía muy molesto por no poder afeitarse, tomar una ducha y ponerse ropa limpia. Se levantó, decidido a conseguir las tres cosas rápidamente.

—¡Tory! —dijo en un tono seco, el tono de un hombre que estaba acostumbrado a que lo escucharan. No recibió respuesta—. Demonios, Tory, ¡ven aquí!

Tory apareció arrastrando los pies, con un cazo de agua en la mano.

—Tranquilo, Kincaid.

—Escúchame —respondió él—. Quiero ducharme, afeitarme y cambiarme de ropa. Y si...

—Y si no te callas hasta que me haya tomado el café, vas a tomar la ducha ahí mismo —dijo, y levantó la cazuela significativamente—. Podrás ducharte en cuanto venga Merle —añadió. Después fue hacia la cafetera y comenzó a hacer el café.

—Eres una bruja arrogante cuando tienes a un hombre encerrado.

—Soy una bruja arrogante de todos modos. Hazte un favor a ti mismo, Kincaid, y no empieces a molestar hasta que me haya tomado dos tazas. No soy una persona agradable por las mañanas.

—Te lo advierto —dijo él—. Vas a lamentar haberme encerrado aquí.

Ella se dio la vuelta y lo miró por primera vez aquella mañana. Tenía el pelo revuelto y la ropa desordenada. Los rasgos aristocráticos de su cara estaban oscurecidos por la sombra de la barba, y la furia se le reflejaba en los ojos, tan azules como el agua. Estaba escandalosamente atractivo.

—Creo que voy a lamentar dejarte salir —murmuró Tory antes de volverse de nuevo a la cafetera—. ¿Quieres un poco de esto, o me lo vas a tirar encima?

La idea era tentadora, pero también el aroma del café.

—Solo y sin azúcar —le recordó Phil.

Tory llenó media taza y se acercó a la celda.

—¿Qué quieres de desayuno? —le preguntó mientras le pasaba la taza por los barrotes.

Él la miró con cara de pocos amigos.

—Una ducha y una maza para tu amigo de ahí.

Tory miró hacia la celda contigua.

—Silas se despertará dentro de una hora, fresco como una rosa —dijo, y tomó un poco de café—. ¿No te ha dejado dormir?

—Él y la cama de plumas que me has proporcionado.

Ella se encogió de hombros.

—La delincuencia no merece la pena.

—Eres una…

—Ésa no es forma de conseguir una ducha —le advirtió ella.

Al oír que se abría la puerta de la comisaría, Tory se dio la vuelta y vio a Tod. El chico se quedó en el umbral, con las manos en los bolsillos.

—Buenos días —dijo ella con una sonrisa, y le hizo un gesto para que entrara—. Llegas temprano.

—No me dijo la hora —respondió él cautelosamente, y miró hacia Phil y Silas—. Tiene prisioneros.

—Sí —dijo. Chasqueó la lengua y señaló a Phil con el pulgar—. Ése es desagradable.

—¿Por qué está detenido?

—Por arrogancia insoportable.

—No ha matado a nadie, ¿verdad?

—Todavía no —dijo Phil, y después añadió, incapaz de resistirse al brillo ávido de los ojos del chico—: Me han acusado injustamente.

—Eso es lo que dicen todos, ¿verdad, sheriff?

—Exactamente —respondió Tory, y le revolvió el pelo al chico. Él se sobresaltó y se quedó mirándola fijamente. Ella ignoró su reacción y posó la mano en su hombro—. Bueno, ahora voy a darte trabajo. Ahí detrás hay una escoba. Puedes empezar barriendo. ¿Has desayunado?

—No, pero…

—Te traeré algo cuando me haya ocupado de ese individuo. ¿Crees que podrás vigilar durante unos minutos?

Él se quedó boquiabierto.

—¡Sí, señora!

—Muy bien, estás a cargo de la comisaría —le dijo Tory, y se encaminó hacia la puerta—. Si se despierta Silas, puedes dejarlo salir. El otro se queda donde está. ¿Entendido?

—Claro, sheriff —dijo Tod, y le lanzó una mirada fría a Phil—. No va a conseguir nada conmigo.

Tory salió, conteniendo la risa.

Resignado a esperar, Phil se apoyó contra las barras y se bebió el café mientras el chico comenzaba a barrer. Trabajaba con diligencia, lanzando miradas furtivas por encima del hombro hacia Phil de vez en cuando. Era un chico muy guapo, decidió Phil. Pensó en su reacción hacia el gesto amistoso de Tory, preguntándose cómo reaccionaría al de un hombre.

—¿Vives en el pueblo? —le preguntó.

Tod se detuvo y lo miró con desconfianza.

—A las afueras.

—¿En un rancho?

El chico comenzó a barrer de nuevo, pero más lentamente.

—Sí.

—¿Tienes caballos?

Tod se encogió de hombros.

—Un par —respondió, mientras se acercaba poco a poco a la celda—. No es de por aquí —dijo.

—No, soy de California.

—¿De verdad? —preguntó Tod con admiración, y volvió a mirarlo—. No parece una mala persona.

—Gracias —Phil sonrió hacia su taza.

—Entonces, ¿por qué está en la cárcel?

Phil pensó la respuesta y se decidió por la verdad.

—Perdí los estribos.

Tod soltó un resoplido y siguió barriendo.

—No puede ir a la cárcel por eso. A mi padre le ocurre todo el tiempo.

—Algunas veces sí vas a la cárcel —dijo Phil, observando el perfil del chico—. Sobre todo, si le haces daño a alguien.

El chico siguió pasando la escoba por el suelo, sin tener en cuenta el polvo.

–¿Y usted lo hizo?

–Sólo a mí mismo –admitió Phil–. Conseguí que la sheriff se enfadara conmigo.

–Zac Kramer dice que él no obedece a una mujer sheriff.

Phil se echó a reír al recordar con cuánta facilidad una mujer sheriff lo había encerrado en una celda.

–Zac Kramer no parece muy listo.

Tod sonrió.

–Me he enterado de que ella fue ayer a su casa. Los gemelos van a tener que limpiarle las ventanas al viejo Hollister, por fuera y por dentro. Gratis.

Tory entró en la comisaría con dos platos cubiertos.

–El desayuno –anunció–. ¿Te ha causado algún problema? –le preguntó a Tod mientras dejaba un plato sobre el escritorio.

–No, señora –dijo el chico. El olor de la comida le hizo la boca agua, pero siguió con su tarea.

–Bueno, siéntate y come.

Él la miró con incredulidad.

–¿Yo?

–Sí, tú –respondió ella. Con el otro plato en una mano, se acercó a la celda–. Cuando el señor Kincaid y tú hayáis terminado, lleva los platos al hotel –dijo, y sin esperar respuesta, abrió la celda de Phil. Sin embargo, Phil observó la expresión de Tod cuando empezaba a desayunar.

–Sheriff –murmuró Phil, y tomó su mano en vez

del plato que ella le ofrecía–. Es una dama con mucha clase –dijo, y le besó los dedos ligeramente.

Incapaz de resistirse, ella dejó que le sostuviera la mano durante un instante.

–Phil –dijo con un suspiro–. No seas tan encantador. Vas a complicar las cosas.

Él arqueó una ceja de la sorpresa mientras la observaba.

–¿Sabes? –dijo lentamente–. Creo que es demasiado tarde.

Tory negó con la cabeza.

–Desayuna –le ordenó enérgicamente–. Merle vendrá pronto con tu ropa.

Cuando se dio la vuelta para salir, él le sujetó la mano.

–Tory –le dijo en voz baja–. Tú y yo no hemos terminado todavía.

Cuidadosamente, ella se soltó.

–Tú y yo nunca hemos empezado –lo corrigió, y cerró la puerta de la celda. Mientras iba de nuevo hacia la cafetera, miró a Tod. El chico estaba comiendo los huevos revueltos y el beicon sin ningún problema.

–¿Y tú no vas a desayunar? –le preguntó Phil mientras comenzaba su propia comida.

–No entiendo cómo puede comer alguien a esta hora –murmuró Tory, fortaleciéndose con el café–. Tod, al coche de la sheriff le vendría bien un lavado. ¿Podrías hacerlo?

—Claro, sheriff —dijo, y estaba casi levantado de la silla antes de que Tory pudiera ponerle la mano en el hombro.

—Termina primero el desayuno —le dijo con una risa—. Si terminas de barrer y de lavar el coche, eso será todo por hoy —añadió, y se sentó en una esquina del escritorio, disfrutando de verlo comer con tanto apetito—. ¿Tus padres saben que estás aquí? —le preguntó sin darle importancia.

—He terminado mis tareas antes de marcharme —respondió él con la boca llena.

—Mmm —Tory no dijo nada más, y le dio un sorbo a su café. Cuando se abrió la puerta, alzó la vista, esperando encontrarse con Merle. Sin embargo, se llevó una sorpresa.

—¡Lou! —exclamó Phil, que se levantó del catre y se agarró a los barrotes—. Ya era hora.

—Bueno, Phil, tienes muy buen aspecto.

Lou Sherman, pensó Tory, realmente sobrecogida. Uno de los mejores abogados del país. Ella había seguido sus casos, había estudiado su estilo, se había basado en sus precedentes. En persona resultaba tan imponente como en los periódicos y en las revistas. Era un hombre muy alto y de complexión fuerte, y tenía una mata de pelo blanco y rebelde. Su voz llevaba resonando en las salas de los tribunales durante más de cuarenta años. Era tenaz, extravagante y temido. Durante un momento, Tory fue incapaz de apartar la vista de su figura, mientras entraba en la comisaría, vestido con un impecable traje gris y una camisa rosa.

Phil lo llamó por un nombre poco halagador, y él se echó a reír.

—Será mejor que me trates con un poco de respeto si quieres que te saque de ahí, hijo —le respondió, y miró el desayuno de Phil—. Termina de comer —le aconsejó—, mientras yo hablo con el sheriff.

Se dio la vuelta y miró con solemnidad a Tory y a Tod.

—¿Alguno de ustedes es el sheriff?

Tory todavía no podía articular palabra. Tod movió la cabeza para señalarla.

—Es ella —dijo, con la boca todavía llena.

Lou observó su placa.

—Pues sí —dijo afablemente—. Es la agente de la ley más guapa que he visto. No se ofenda —añadió con una sonrisa.

Tory reaccionó por fin. Se levantó y le tendió la mano.

—Victoria Ashton, señor Sherman. Es un placer conocerlo.

—El placer es mío, sheriff Ashton —la corrigió él de un modo encantador—. Dígame, ¿qué ha hecho ahora el chico?

—Lou… —dijo Phil, pero su abogado agitó la mano.

—Termina el desayuno —le ordenó—. He tenido que cancelar una cita perfecta de golf para poder volar hasta aquí. ¿Sheriff? —añadió, arqueando una ceja.

—El señor Kincaid incurrió en un exceso de velocidad en la Autopista Diecisiete —dijo Tory—. Se negó a firmar la multa, y mi ayudante lo trajo a la comisaría —explicó. Después de un profundo suspiro de Lou, continuó—. Me temo que el señor Kincaid no fue cooperativo.

—Nunca lo es —convino Lou en tono de disculpa.

—Maldita sea, Lou, ¿puedes sacarme de aquí?

—Todo a su debido tiempo —le prometió sin mirarlo—. ¿Hay más acusaciones, sheriff?

—Resistencia a la autoridad —dijo ella, sin poder disimular la sonrisa—. La multa es de doscientos cincuenta dólares, y la fianza, de quinientos. Cuando el señor Kincaid decidió cooperar, estaba corto de fondos.

Lou se pasó la mano por la barbilla.

—No sería la primera vez —murmuró.

Phil, que estaba furioso por ser ignorado y difamado al mismo tiempo, interrumpió la conversación con aspereza.

—Me apuntó con una pistola.

Aquella información provocó otra carcajada del abogado.

—Demonios, ojalá hubiera estado aquí para verle la cara.

—Merecía la pena pagar el precio de la entrada —admitió Tory.

Phil iba a soltar un torrente de imprecaciones, pero se acordó del chico, que estaba escuchando atentamente, y apretó los dientes.

—Lou —le dijo lentamente—. ¿Vas a sacarme de aquí, o te vas a pasar todo el día de charla? No he podido ducharme desde ayer.

—Es muy quisquilloso —le dijo Lou a Tory—. Lo ha heredado de su padre. Bueno, sheriff Ashton, me gustaría hablar con mi cliente.

—Por supuesto —dijo Tory, y tomó las llaves.

—Ashton —murmuró Lou, cerrando los ojos durante un instante—. Victoria Ashton. Ese nombre me suena. ¿Lleva mucho tiempo de sheriff aquí?

Tory negó con la cabeza mientras abría la puerta de la celda de Phil.

—No, en realidad, sólo estoy ocupando el puesto durante una temporada.

—Es abogada —informó Phil con desagrado.

—¡Eso es! —dijo Lou, mirándola con satisfacción—. Sabía que ese nombre me era familiar. El caso Dunbarton. Hizo un buen trabajo.

—Gracias.

—Tuvo sus problemas con el juez Whithers —recordó el abogado—. Desacato al tribunal. ¿Qué fue lo que le llamó?

—Farsante y altanero —respondió Tory con una mueca de arrepentimiento.

Lou se rió con ganas.

—Magnífica selección de palabras.

—Me costó una noche en prisión —recordó ella.

—Pero ganó el caso.

—Afortunadamente, el juez no era rencoroso.

—Ganó el caso con habilidad y trabajo duro —dijo Lou—. ¿Dónde estudió?

—En Harvard.

—Mirad —dijo Phil de mal humor—. Podéis hablar de eso tomando una copa más tarde.

—Modales, Phil, siempre has tenido un problema con los modales —dijo Lou, y sonrió de nuevo a Tory—. Discúlpeme, sheriff. Bueno, Phil, dame una de esas magdalenas de maíz y cuéntame tus problemas.

Tory les dejó que hablaran en privado justo cuando Merle entraba por la puerta con la maleta de Phil en la mano. Dinamita entró tras él, encontró su lugar en el suelo y al instante se echó a dormir.

—Déjalo en el escritorio —le dijo Tory a Merle—. Después de que Kincaid haya salido, me iré a la casa durante un rato. No podrás localizarme durante dos horas.

—De acuerdo —dijo Merle, y miró a Silas, que continuaba durmiendo—. ¿Lo echo?

—Cuando se despierte —dijo ella, y miró a Tod—. Tod va a lavar mi coche.

El chico se tomó el último bocado y se levantó.

—Lo haré ahora —dijo, y salió.

Tory se quedó mirando a la puerta con el ceño fruncido.

—Merle, ¿qué sabes del padre de Tod?

Él se encogió de hombros y se rascó el bigote.

—Swanson es muy reservado. Tiene algo de ganado a unos tres kilómetros al norte del pueblo. Ha participado en un par de peleas, pero nada importante.

—¿Y su madre?

—Es una señora muy callada. De vez en cuando va a limpiar al hotel. ¿Te acuerdas del hijo mayor? Se largó hace un par de años. No se ha vuelto a saber nada de él.

Tory asimiló aquella información y asintió.

—Échale un ojo al chico mientras yo no estoy, ¿de acuerdo?

—Claro. ¿Tiene algún problema?

—No estoy segura. Sólo mantén los ojos bien abiertos, Merle —le dijo, sonriéndole con afecto—. ¿Por qué no vas a ver si el chico ha encontrado un cubo?

Merle asintió y se marchó.

—Sheriff...

Tory se volvió hacia la celda mientras Lou salía de ella.

—Mi cliente me ha dicho que usted es la juez de paz.

—Exacto, señor Sherman.

—En ese caso, me gustaría alegar locura temporal por parte de mi cliente.

—Eres encantador, Lou —murmuró Phil desde la puerta de la celda—. ¿Puedo ducharme ya? —preguntó, señalando la maleta.

—En la parte de atrás —le dijo Tory—. Y necesitas un afeitado —añadió dulcemente.

Él recogió la maleta y le lanzó una mirada de advertencia.

—Sheriff, cuando todo esto haya terminado, tenemos un asunto personal que resolver.

Tory alzó la taza de café.

—No te cortes el cuello, Kincaid.

Lou esperó hasta que Phil hubo desaparecido.

—Es un buen chico —dijo con un suspiro paternal.

Tory se echó a reír.

—Oh, no —dijo—. No lo es.

—Bueno, merecía la pena intentarlo —respondió el abogado. Se encogió de hombros y se sentó—. En cuanto a la acusación de resistencia a la autoridad, no me gustaría que figurara en su historial. Pasar la noche en una celda ha sido suficiente escarmiento para nuestro Phillip, Victoria.

—De acuerdo —dijo ella con una sonrisa—. Creo que esa acusación podría retirarse si el señor Kincaid paga la multa por exceso de velocidad.

—Le he aconsejado que lo haga —dijo Lou, mientras se sacaba un cigarro del bolsillo–. No le gusta la idea, pero yo soy… persuasivo –dijo. Después miró a Tory con admiración–. Como usted. ¿Qué tipo de revólver?

Tory se agarró las manos en el regazo remilgadamente.

–Un cuarenta y cinco.

Lou soltó una risotada mientras encendía el puro.

–Bueno, hábleme del caso Dunbarton, Victoria.

El caballo levantó una nube de polvo con los cascos. Respondiendo a Tory, echó a correr al galope. El aire, tan seco como la tierra, los envolvió en una ráfaga caliente. El sombrero que Tory se había puesto para protegerse del sol se le cayó a la espalda y fue olvidado. Sus movimientos estaban tan en sintonía con los del animal, que apenas era consciente de sus movimientos bajo ella. Tory quería pensar, pero primero quería aclararse la mente. Desde que era niña, montar a caballo le había resultado el modo más eficaz de conseguirlo.

Los deportes no le resultaban atractivos, pero la equitación era algo distinto. Tory no lo consideraba un esfuerzo. Estaba acostumbrada y lo usaba como un buen método para dejar la mente en blanco durante un rato.

Durante treinta minutos cabalgó sin destino. Poco

a poco, hizo que el caballo aminorara la velocidad y relajó las manos en las riendas. Él se daría la vuelta y volvería al rancho.

Phillip Kincaid. Volvió a su cabeza. Era muy molesto. Una molestia que debía acabar. En aquel momento, él debía de estar a medio camino hacia Los Ángeles. Tory lo esperaba con todas sus fuerzas. No quería admitir que la había afectado. Era una mala suerte que, pese a su encontronazo, y pese a que él era un arrogante, le hubiera caído bien. Era interesante, divertido e inteligente. A Tory no podía disgustarle alguien que era capaz de reírse de sí mismo. No habría problema si todo terminara ahí, pero él la había afectado de un modo más profundo. ¿Cuándo era la última vez que lo había olvidado todo en brazos de un hombre? ¿Le había ocurrido alguna vez? Tory suspiró y miró con el ceño fruncido el paisaje yermo, del color de las piedras, mientras se ponía el sombrero de nuevo.

Aquella forma de reaccionar, y el hecho de que siguiera pensando en él, le resultaban muy inquietantes. Una mujer de su edad no pensaba tanto en un beso. Sin embargo, ella recordaba perfectamente cómo los labios de Phil se habían amoldado a los de ella, y cómo su sabor oscuro y masculino se le había metido en la piel. Sin ningún esfuerzo, recordaba cómo su cuerpo se había adaptado al de ella, fuerte y duro. Y no la complacía.

Ya tenía suficientes problemas que resolver durante su estancia en Friendly, pensó Tory, sin conocer por casualidad a un tipo malhumorado de Hollywood. Había prometido que se haría cargo del pueblo durante la transición a un nuevo sheriff, y tenía al chico, Tod, en la mente. Y a su madre. Tory cerró los ojos durante un momento. Tenía que reconciliarse con su madre.

Después de la muerte de su padre se habían dicho muchas cosas. También habían quedado muchas cosas por decir. Para ser una mujer que raramente se desconcertaba, Tory se veía en medio de un caos cada vez que hablaba con su madre. Cuando su padre estaba vivo, actuaba como amortiguador entre las dos. Ahora que él había muerto, tenían que mirarse a la cara. Con una carcajada irónica, Tory pensó que su madre estaba igual de confundida que ella. La tensión que había entre ellas no se relajaba, y la distancia aumentaba. Sacudió la cabeza y decidió dejarlo tal y como estaba. En pocos meses, Tory volvería a Albuquerque. Ella tenía que vivir su vida, y su madre tenía que vivir la suya.

Lo más sabio era aplicar la misma premisa a Phil Kincaid. Sus caminos no iban a volver a cruzarse. Ella se había ausentado del pueblo deliberadamente, durante unas horas, para evitarlo. No quería verlo más. Era un problema; a él le resultaba muy fácil ser encantador cuando se lo proponía. Y ella era lo suficientemente inteligente como para reconocer a alguien con determinación cuando lo veía. Fuera cual fuera el motivo, él la deseaba. No sería un hombre fácil de manejar. En otras circunstancias, Tory hubiera disfrutado del hecho de oponer su voluntad contra la de él, pero algo le advertía que no forzara su suerte.

—Cuanto antes vuelva a Tinsel Town, mejor —murmuró, y azuzó al caballo.

Ambos salieron al galope.

Phil paró el coche junto al corral y miró a su alrededor. A poca distancia, a la derecha, había una casita blanca. Su estructura era sencilla y tenía dos pisos y un porche de madera muy amplio. A un lado había una cuerda para tender la colada, con unas cuantas prendas secándose al sol. Había unas pocas macetas con flores de colores a cada lado de las escaleras. La hierba estaba cortada y tenía algunos parches. Al fondo se veían unos edificios de trabajo y una huerta. El coche de sheriff de Tory estaba aparcado en la parte delantera, recién lavado, aunque ya tenía una fina capa de polvo.

Aquel lugar tenía algo que le atraía. Estaba aislado, y era muy tranquilo. Si el coche no estuviera allí, podría pertenecer al siglo pasado. Habían hecho esfuerzos para mantenerlo ordenado y limpio, pero nunca sería próspero. Él lo consideraría más un hogar que un rancho. Con una buena iluminación podría ser muy efectivo. Phil salió del coche para estudiarlo desde un ángulo diferente. Al oír el sonido de un caballo, se volvió y vio a Tory acercándose al galope.

Inmediatamente, se olvidó de la casa y maldijo el no tener una cámara a mano. Era perfecta. Bajo aquel sol implacable, montaba un caballo claro con las crines blancas, con el color del oro nuevo. No podía haber un contraste mejor para una mujer de su color. Llevaba el sombrero a la espalda, y el pelo flotaba libremente tras ella. Phil entrecerró los ojos y los vio a cámara lenta. Así era como él la filmaría; con el pelo suelto, flotando en el aire durante un momento antes de volver a caer. El polvo formaría una nube tras ellos, y las patas fuertes del caballo se plegarían y se desplegarían de modo que el espectador pudiera ver trabajando cada uno de sus músculos. Aquello era fuerza, belleza y habilidad sobre un caballo. Lamentó no poder ver sus manos sujetando las riendas.

Supo exactamente en qué momento ella se daba cuenta de que él estaba allí. El ritmo no varió, pero, de repente, Tory tenía los hombros tensos. Eso hizo que Phil sonriera. Se sacó las gafas de sol del bolsillo despreocupadamente y se las puso. El gesto molestó a Tory.

—Kincaid —le dijo con frialdad.

—Sheriff.

—¿Hay algún problema?

Él sonrió lentamente.

—No creo.

—Pensaba que estarías a medio camino de Los Ángeles.

—¿De veras?

Ella emitió un sonido de impaciencia y desmontó. Con las riendas en la mano, lo observó.

—Supongo que tu multa ya está pagada. Y sabes que se han retirado los cargos.

—Sí.

—¿Bien?

—Bien —dijo él amablemente, divirtiéndose al ver el mal humor que se reflejaba en la mirada de Tory. «Sí, te afecta mi presencia, Victoria, y todavía no he empezado».

Ella comenzó a desatar las cinchas de la silla.

—¿Se ha ido ya el señor Sherman?

—No, está hablando de algunos detalles con el alcalde —dijo Phil con una sonrisa—. Lou ha encontrado un alma gemela para la pesca.

—Ya veo —dijo Tory. Levantó la silla del caballo y la colocó sobre la valla—. Entonces, has hablado con el alcalde de tu negocio esta mañana.

—Hemos llegado a un acuerdo amigable —respondió Phil, observando cómo le quitaba el bocado al caballo—. Él te dará los detalles.

Sin hablar, Tory le dio una palmada al caballo en

un flanco y lo envió al interior del corral. Cuando cerró la puerta, la madera crujió. Entonces se volvió hacia él.

—¿Por qué?

—Tendrás que saber los horarios y todas esas cosas antes de que empiece el rodaje.

—¿Cómo?

—Vine a Nuevo México a buscar exteriores para mi nueva película. Necesitaba una ciudad pequeña en mitad de ninguna parte.

Tory lo observó fijamente.

—Y la encontraste.

—Gracias a ti —dijo él con una sonrisa—. Empezamos el mes que viene.

Ella se metió las manos en los bolsillos traseros del pantalón y se alejó unos cuantos pasos.

—¿Y no sería más fácil rodar en el estudio?

—No.

Ante su rotunda respuesta, ella se volvió hacia él nuevamente.

—No me gusta.

—No creía que fuera a gustarte, pero vas a tener que vivir con ello durante la mayor parte del verano.

—Vas a traer las cámaras y a tu gente y tu confusión a este pueblo —dijo ella con ira—. Friendly tiene su propio ritmo. Ahora tú quieres traer aquí un estilo de vida que esta gente ni siquiera se imagina.

—Organizaremos unas orgías muy tranquilas, sheriff —le prometió él con una sonrisa—. Vamos, Tory. Tú no eres tonta. Nosotros no vamos a venir de fiesta; vamos a venir a trabajar. Ten a un actor bajo este sol durante diez tomas, y no creo que vaya a alterar la paz del pueblo por la noche. Estará inconsciente. ¿O es que te crees todo lo que has leído en las revistas?

—Sé más de Hollywood de lo que tú sabes de Friendly —respondió ella—. He pasado bastantes meses en Los Ángeles, porque tuve que representar a un guionista en un caso de agresión. Gané el caso —añadió con ironía—. Hace unos años salí con un actor, y fui a varias fiestas cuando estaba en la costa. Puede que las revistas exageren, Phil, pero los valores y el estilo de vida quedan bastante claros.

Él arqueó una ceja.

—¿Prejuicios, Tory?

—Quizá —dijo ella—. Pero éste es mi pueblo. Soy responsable de la gente y de preservar la paz y la tranquilidad. Si sigues con esto, te lo advierto, si alguien de tu equipo se pasa de la raya, irá a la cárcel.

Él entrecerró los ojos.

—Tenemos nuestra propia seguridad.

—Tu seguridad responde ante mí en mi pueblo —replicó ella—. Que no se te olvide.

—No vas a cooperar, ¿verdad?

—No más de lo imprescindible.

Durante un momento, permanecieron inmóviles, midiéndose el uno al otro en silencio. Tras ellos, el caballo caminaba con inquietud por el corral. Se levantó una brisa fugaz que removió el calor y el polvo.

—Está bien —dijo Phil por fin—. Digamos que si tú no te interpones en mi camino, yo no te molestaré a ti.

—Perfecto —dijo Tory, y comenzó a alejarse.

—Eso, en lo profesional —añadió.

Como había hecho en la celda, Tory miró largamente la mano con la que él le había agarrado el brazo antes de alzar la vista. En aquella ocasión, Phil sonrió.

—Ahora no llevas placa de sheriff, Tory —le dijo. Se quitó las gafas y las enganchó en la valla del corral—. Y no hemos terminado.

—Kincaid...

—Phil —corrigió él, y la tomó entre sus brazos—. Pensé en ti anoche, cuando estaba en esa maldita celda. Y me prometí una cosa.

Tory se puso tensa. Apretó las palmas de las manos contra su pecho, pero no luchó. Físicamente, él era más fuerte, así que ella tendría que valerse de la inteligencia.

—Tus pensamientos y tus promesas no son cosa mía —le dijo con frialdad—. Lleve o no lleve la placa, sigo siendo la sheriff, y me estás molestando. Puedo ser muy mala cuando me molestan.

—Estoy seguro —murmuró él, y miró sus labios—. Voy a conseguirte, Victoria —le dijo suavemente—.

Más tarde o más temprano. Yo siempre cumplo mis promesas.

–Creo que tengo algo que decir con respecto a ésta.

Él sonrió con seguridad.

–Di que no –le susurró, antes de que su boca rozara la de ella.

Tory quiso retroceder, pero él fue más rápido. La tomó por la nuca y la mantuvo inmóvil. Su boca fue suave y persuasiva. Mucho antes de que ella se relajara, él sintió los latidos de su corazón contra el pecho. Pacientemente, le acarició los labios con la boca, jugueteando, mordisqueando con suavidad.

Tory dejó escapar un suspiro tembloroso mientras lo agarraba por la camisa. Olía a jabón, a limpio. Inconscientemente, ella inhaló su aroma mientras él la atraía hacia sí con más fuerza. Tory le rodeó el cuello con los brazos. Su cuerpo estaba estirado contra el de Phil, pero ya no estaba rígido, sino ansioso. Aquel placer ciego había vuelto, y Tory se rindió a él. Sintió el roce de sus dientes y respondió mordiéndole el labio inferior. Él la tomó por las caderas y se pegó a ella, atormentándolos a los dos. La pasión fluyó entre ellos tan plenamente que los labios no eran suficientes. Él le recorrió los costados con las manos, y encontró el camino entre sus cuerpos para poder acariciarle los pechos. Ella respondió hundiéndose más en su boca, pidiéndole más.

Él no había esperado sentir aquel grado de necesidad. Atracción y desafío, pero no dolor. No era lo que había planeado, no era lo que quería, pero no podía detenerse. Ella estaba llenándole la mente, inundándole los sentidos. Su pelo era demasiado suave, su olor demasiado seductor. Y su sabor... su sabor era demasiado exótico. La devoró con avaricia, hasta que la pasión lo atrajo más y más hacia ella.

Él sabía que tenía que retroceder, pero siguió un momento más. El cuerpo de Tory era tan esbelto, tan flexible, y su boca tan increíblemente ágil... Phil se permitió acariciarla una vez más, besarla una vez más antes de separarse.

Los dos se quedaron temblorosos, y los dos se negaron a admitirlo. A Tory le flaqueaban las rodillas, así que permaneció muy quieta. Phil esperó un momento hasta que estuvo seguro de que podía hablar. Tomó las gafas del vallado y se las puso. Eran como una defensa. Era mejor poner algo de distancia entre ellos hasta que recuperara el control.

—No has dicho que no —comentó.

—No he dicho que sí —replicó Tory después de unos segundos.

Él sonrió.

—Oh, sí —la corrigió—. Sí lo has hecho. Volveré —añadió antes de marcharse hacia su coche.

Mientras se alejaba, miró por el espejo retrovisor, y la vio en el mismo lugar donde la había dejado. Al apretar el encendedor del coche, se dio cuenta de que le temblaba la mano. El asalto número tres, pensó después de una larga exhalación, había quedado en empate.

CAPÍTULO 4

Tory se quedó exactamente donde estaba hasta que el polvo que levantaron los neumáticos del coche de Phil se hubo asentado de nuevo en el suelo. Creía que conocía el significado de la pasión, la necesidad, la excitación, pero de repente, aquellas palabras habían adquirido un significado nuevo. Por primera vez en su vida, se había sentido atrapada en algo que no podía controlar. Aquel deseo había sido tan fuerte, tan inesperado... Todavía latía en ella, como un dolor, mientras seguía mirando la larga carretera, que había quedado desierta. ¿Cómo era posible necesitar tanto, tan rápidamente? ¿Y cómo era posible que una mujer que siempre había manejado a los hombres con facilidad pudiera quedar completamente embobada por un beso?

Tory sacudió la cabeza y se dio la vuelta. Tendría que pensar en todo aquello cuidadosamente.

Tomó la silla del vallado y la llevó al establo. Después, molesta consigo misma, se encaminó hacia la casa. Inconscientemente, para ganar tiempo, miró dentro del gallinero. Las gallinas estaban durmiendo al calor de la tarde, con la cabeza metida entre las alas. Tory las dejó tranquilas. Sabía que su madre había recogido los huevos aquella mañana.

No podía quitarse a Phil de la cabeza. Phil Kincaid era un problema. Había prometido que iba a volver, y ella tendría que enfrentarse a su vuelta, y también a su pequeño grupo de Hollywood. En aquel momento, Tory no sabía qué era lo que la inquietaba más. Demonios, ojalá hubiera sabido antes cuáles eran los planes de Phil. Si hubiera podido hablar con el alcalde... Se echó a reír. Aquello no habría cambiado absolutamente nada. Bud Toomey, el alcalde, no rechazaría el prestigio que suponía el hecho de que se rodara una película importante en su pueblo. Y, como propietario del único hotel, debía de estar oyendo los dólares tintinear en la caja registradora.

¿Y quién podía culparlo por ello? Las objeciones de Tory eran probablemente más personales que profesionales. El actor con el que había salido tenía éxito y era superficial; un mujeriego experimentado y un hedonista. Tory sabía que la mayoría de sus prejuicios se los debía a él. Era muy joven cuando él le había enseñado Hollywood desde su situación ventajosa. Sin embargo, incluso sin aquello, el rodaje acarrearía un gran trastorno a Friendly, tendría efectos en la gente del pueblo y, muy posiblemente, causaría daños en la propiedad de algunas personas. Y todo aquello estaba en la jurisdicción de la sheriff Ashton.

¿Qué habría hecho su padre?, se preguntó mientras entraba a la casa. Como siempre, en cuanto estuvo dentro, los recuerdos de su padre la asaltaron, su voz resonante, alta, su risa, su lógica sencilla y su sensatez. Para Tory, la presencia de su padre era una parte íntima de toda aquella casa, desde el escabel donde apoyaba los pies después de un día largo.

La casa era cosa de su madre. Estaban las paredes del salón, blancas, limpias; el sofá, retapizado una y otra vez, que en aquel momento tenía un bonito diseño floral. Las alfombras estaban rectas y limpias, y los cuadros, cuidadosamente colocados. Todo se había elegido para armonizar, en vez de destacar. El suelo y los muebles estaban impecablemente limpios, y en el aire flotaba una agradable fragancia del ambientador de su madre. Todo era cosa de su madre; sin embargo, era en su padre en quien pensaba al entrar en la casa de su infancia.

No obstante, su padre no iba a aparecer bajando las escaleras de nuevo. No la atraparía en uno de sus abrazos ni le daría sus besos sonoros. Era demasiado joven para morir, pensó Tory mientras miraba por la habitación como si fuera una extraña. Los derrames cerebrales eran para los hombres ancianos, débiles, no para los hombres robustos que estaban en lo mejor de la vida. No era justo, pensó con la misma impotencia y la misma furia que se apoderaba de ella cada vez que volvía. No había justicia para un hombre que le había dedicado la vida a la justicia. Debería haber tenido más tiempo, habría podido tener más tiempo si... Sus pensamientos se interrumpieron cuando oyó unos pasos suaves en la cocina.

Tory se apartó el dolor de la mente. Ya le resultaba lo suficientemente difícil ver a su madre sin recordar aquella última noche en el hospital. Esperó un momento para calmarse, y después atravesó el salón hacia la cocina.

Desde la puerta, observó cómo Helen ordenaba las baldas de los armarios de la cocina. El orden sistemático de su madre había sido un tema delicado entre ellas desde que Tory era una niña. La mujer a la que observaba era diminuta y rubia, una mujer de cincuenta años con un aspecto joven, con las manos elegantes y un vestido rosa. Incluso físicamente, Tory se sentía lejana a ella. Su físico y su carácter eran los de su padre. Tory no veía nada de sí misma en su madre. Siempre habían sido un par de extrañas la una para la otra, y se trataban con más precaución a medida que pasaban los años. Tory se alojaba en el hotel en vez de quedarse en su casa, por la misma razón por la que hacía visitas cortas a su madre. Invariablemente, sus encuentros terminaban mal.

—Mamá.

Sorprendida, Helen se volvió. No se sobresaltó, sólo miró a Tory con una ceja arqueada.

—Tory. Me pareció oír un coche fuera.

—Era otra persona.

—Te he visto salir a cabalgar. Hay limonada en la nevera. Hoy hace calor.

Tory no respondió. Tomó dos vasos y puso hielo en ellos.

—¿Cómo estás, Tory?

—Muy bien.

Tory odiaba aquella tirantez, pero no podía hacer nada para remediarla. Había muchas cosas entre ellas. Incluso mientras servía la limonada de la jarra, recordaba la noche de la muerte de su padre, las palabras feas que se habían dicho, los sentimientos feos que ella no había podido superar. Nunca se habían entendido la una a la otra, nunca habían estado unidas, pero aquella noche había provocado una separación todavía mayor. Y con el tiempo, aumentaba más y más.

Tory necesitaba romper aquel silencio. Mientras ponía la limonada de nuevo en la nevera, preguntó:

—¿Sabes algo acerca de los Swanson?

—¿Los Swanson? Llevan viviendo a las afueras del pueblo veinte años. Son muy reservados, aunque ella ha ido a la iglesia varias veces. Creo que él tiene dificultades para mantener el rancho a flote. El hijo mayor era un chico muy guapo. Tenía unos dieciséis años cuando se marchó. Eso fue hace unos cuatro años. El pequeño parece muy buen chico, pero es muy tímido.

—Tod —murmuró Tory.

—Sí —respondió Helen. Se dio cuenta de la preocupación, pero nunca intentaba sonsacarle nada a nadie, y menos a su hija—. Me he enterado de lo de la ventana del señor Hollister.

Tory miró a su madre brevemente.

—Los gemelos Kramer.

Helen esbozó una sonrisa.

—Sí, claro.

—¿Sabes por qué se marchó el chico mayor de los Swanson de casa?

Helen tomó el vaso de limonada que le había servido Tory, pero no se sentó.

—Se dice que el señor Swanson tiene muy mal genio, aunque los rumores nunca son fiables.

—Y a menudo están basados en un hecho —replicó Tory.

Se quedaron unos instantes en silencio, algo que ocurría a menudo durante sus encuentros.

—Parece que van a inmortalizar Friendly en una película —dijo Tory. Su madre la miró con asombro, y ella prosiguió—: Anoche metí a Phillip Kincaid en una celda. Ahora parece que va a usar el pueblo como exteriores para el rodaje de su última película.

–Kincaid –repitió Helen, pensando–. Oh, el hijo de Marshall Kincaid.

Tory sonrió sin poder evitarlo. No creía que Phil agradeciera aquel tipo de reconocimiento. Seguramente, debía de haber luchado contra aquella etiqueta durante toda su carrera profesional.

–Sí –dijo–. Es un director de gran éxito. Lo han propuesto para el Oscar tres veces.

Aunque Helen asimiló aquella información, sus pensamientos todavía estaban en la primera frase de Tory.

–¿Y dices que lo metiste en una celda?

Tory sonrió ligeramente

–Sí. Por una infracción de tráfico –dijo, y se quedó callada, al recordar aquel asombroso momento en que él la había besado–. Va a volver –murmuró.

–¿A hacer la película? –preguntó Helen, confundida por la expresión distraída de su hija.

–¿Qué? Sí. Sí, va a venir a hacer la película aquí, aunque no tengo los detalles todavía. Creo que lo ha acordado esta mañana con el alcalde.

«Pero no contigo», pensó Helen, aunque no dijo nada.

–Qué interesante.

–Ya veremos –murmuró Tory. De repente, se sintió inquieta y se levantó de la mesa para acercarse al fregadero. La vista desde la ventana era una expansión de tierra yerma que le resultaba fascinante. Su padre la había amado por lo que era: desolada, agreste.

Al mirar a su hija. Helen recordó a su marido en aquel mismo sitio, mirando por la ventana con la misma expresión. Sintió una oleada de tristeza insoportable, pero la controló.

—Friendly estará muy bullicioso durante algún tiempo —dijo con energía.

—Sí, mucho —murmuró Tory. Pero nadie iba a pensar en las complicaciones, añadió para sí.

—¿Crees que habrá problemas?

—Lo controlaré.

—Siempre tan segura de ti misma, Tory.

A Tory se le pusieron tensos los hombros al instante.

—¿De verdad, mamá?

Se volvió y se encontró con la mirada de su madre, tranquila y directa. Tenía aquella misma calma cuando le había dicho a Tory que había pedido que desconectaran el regulador de su padre. Tory no había visto pena, ni arrepentimiento, ni indecisión. Sólo un semblante pasivo, unas palabras realistas. Y por aquello, más que por ninguna otra cosa, Tory nunca la había perdonado.

Mientras se miraban en la luminosa cocina, cada una recordó claramente la sala de espera del hospital, el olor a sudor y a tabaco, el zumbido monótono del aire acondicionado y los pasos sobre el suelo de baldosas en el corredor…

—¡No! —había susurrado Tory, y después había gritado—: ¡No, no puedes! ¡No puedes dejarlo morir!

—Ya ha muerto, Tory —le dijo Helen cansinamente—. Tienes que aceptarlo.

—¡No!

Después de semanas de ver a su padre inmóvil en la cama del hospital, conectado a las máquinas, Tory estaba loca de miedo y de dolor. Estaba muy lejos de aceptar lo que había ocurrido. Había visto a su madre, sentada tranquilamente, mientras ella caminaba de un lado a otro, la había visto tomando té mientras a ella se le revolvía el estómago sólo de pensar en la comida. Muerte cerebral. La frase hacía que tuviera ganas de vomitar. Era ella quien había llorado incontrolablemente junto a su padre, mientras su madre tenía los ojos secos.

—No te importa —le había dicho Tory—. Para ti es más fácil así. Así puedes volver a tu preciosa cotidianeidad, sin que nadie te moleste.

Helen había mirado el semblante deshecho de su hija y había asentido.

—Así es más fácil.

—No te lo permitiré. Hay maneras de impedírtelo. Conseguiré una orden judicial, y…

—Ya está hecho —le dijo Helen en voz baja.

Tory había palidecido, se había quedado sin fuerzas. Su padre había muerto. Con presionar un botón, su padre había muerto. Y había sido su madre quien lo había presionado.

—Tú lo has matado.

—Sabes que no es así, Tory.

—Si lo quisieras, no podrías haber hecho algo así.

—Y tu amor lo habría tenido atado a esa máquina, indefenso y vacío.

—¡Vivo! Maldita sea, ahora estaría vivo.

—Muerto. Murió hace días. Semanas. Ya es hora de que lo aceptes.

—Para ti es muy fácil, ¿verdad? Nunca has sentido nada por nadie, ni por nada. Ni siquiera por él.

—Hay distintos tipos de amor, Tory —le dijo Helen con tensión—. Tú nunca entiendes nada que no se haga a tu modo.

—¿Amor? Nunca te he visto demostrar amor por nadie. Ahora que papá ha muerto, ni siquiera estás llorando. No sufres. Te irás a casa y tenderás la colada, porque nada puede alterar tu preciosa rutina.

Helen irguió los hombros.

—No voy a disculparme por lo que soy, como tampoco espero que tú te defiendas ante mí. Pero deja que te diga que querías demasiado a tu padre, Victoria. Eso lo siento.

—Oh, tú eres tan fría… no tienes sentimientos —susurró Tory. Necesitaba consuelo desesperadamente, una palabra, un gesto afectuoso. Pero Helen había sido incapaz de dárselo, y Tory había sido incapaz de pedírselo–. Tú has hecho esto. Nunca te lo perdonaré.

–No –dijo Helen, asintiendo ligeramente–. No lo esperaba. Siempre estás tan segura de ti misma, Tory...

En aquel momento, ambas mujeres se miraron con los ojos secos, sin expresión en el rostro. Un hombre, que había sido su marido y su padre, se interponía entre ellas. Las palabras amenazaban con desencadenarse otra vez, amargas, ásperas. Las dos se contuvieron.

–Tengo que volver al pueblo –dijo Tory.

Salió de la cocina y de la casa. Después de permanecer un momento inmóvil, en silencio, Helen se volvió hacia las estanterías de nuevo.

El agua de la piscina era de un azul profundo. El aire nocturno mecía suavemente las palmeras. El olor de las flores era intenso, casi tropical. Aquél era un rincón fresco, protegido por los árboles, rodeado de arbustos en flor. La piscina estaba rodeada por una pequeña terraza con suelo de mosaico, cuyas piezas brillaban bajo la luna. Debussy sonaba con sutilidad en el ambiente, y en la mesa del patio había una copa de ron jamaicano junto a un teléfono.

Todavía mojado del baño, Phil se recostó en una tumbona. De nuevo, intentó disciplinar su mente.

Había pasado todo el día filmando dos escenas clave en el estudio. Había tenido algunos problemas con Sam Dressler, el actor protagonista. No le sorprendía. Dressler no tenía la reputación de ser afable ni colaborador, sólo de ser bueno. Phil no quería hacer un amigo para toda la vida, sino una película. Sin embargo, el hecho de que los roces comenzaran tan pronto en una producción no era un buen augurio para lo que se avecinaba. Tendría que usar alguna estrategia para manejar a Dressler.

Al menos, no tenía ningún problema con el resto del equipo. Los había elegido personalmente; había trabajado antes con ellos, y los conocía bien. Cuando llegaran a rodar exteriores...

Phil volvió a pensar en Tory, tal y como había hecho durante días. Ella iba a oponer una resistencia feroz a la invasión de su ciudad. Seguramente, iba a tenerla pegada a su hombro con aquella placa prendida del pecho. Phil odiaba tener que admitir que la idea le atraía. Con un poco de planificación, podría encontrar bastantes maneras de interponerse en su camino. Oh, sí, pensaba pasar bastante tiempo metiéndosele bajo la piel a la sheriff Ashton.

Una piel suave, lisa, recordó Phil, que olía ligeramente a algo que un hombre podría encontrar en un harén. Oscuro y excitante. Se la imaginaba envuelta en seda, en algo elegante e intenso, y sin nada debajo, sólo aquel cuerpo largo y esbelto suyo.

La rápida punzada de deseo que sintió le molestó mucho, tanto que apuró lo que le quedaba de ron de un solo trago. Phil quería conquistar a Tory, pero no pensaba permitir que la conquista fuera mutua. Conocía a las mujeres, y sabía cómo agradarlas. También sabía cómo evitar la complicación de una sola mujer. En un número amplio había seguridad. Con aquella máxima, Phil había disfrutado mucho de las mujeres.

Le gustaban no sólo sexualmente, sino también como compañeras. Muchas de las mujeres con las que se le había vinculado sentimentalmente en los medios de comunicación eran en realidad amigas suyas. El número de mujeres con las que se le había relacionado le divertía. No podría haber cumplido el programa de trabajo que se imponía a sí mismo si pasara tanto tiempo en el dormitorio. Sin embargo, había disfrutado de bastantes romances, aunque siempre se había encargado de mantener el tono ligero y las reglas bien claras. Y pensaba hacer lo mismo con Tory.

Podía ser cierto que la tuviera en la mente con mucha más frecuencia que a cualquier otra mujer, y podía ser cierto que ella le había afectado mucho más que ninguna otra. Pero…

Phil frunció el ceño durante un momento. Pero, reafirmó, sólo porque su encuentro había sido único. Recordó la noche en aquella pequeña celda calurosa e hizo una mueca de disgusto. No se había vengado de ella todavía, y estaba decidido a hacerlo. No le gustaba estar bajo el control de otra persona. Había crecido acostumbrado a la deferencia, un respeto que le había llegado primero por sus padres, y después por su propio talento. Nunca pensaba mucho en el dinero. El hecho de no haber podido pagar la multa para salir de la celda le resultaba exasperante. Aunque a menudo hacía las cosas por sí mismo, estaba acostumbrado a tener servicio, y quizá más a que se obedecieran sus órdenes. Tory no había hecho lo que él había ordenado, y había hecho lo que él le había pedido sólo si era conveniente para ella. Había sido ligeramente desdeñosa, le había hecho un cumplido con respecto a su trabajo y después se había reído de él. Y le había hecho reír, también.

Phil quería saber más de ella. ¿Quién era aquella mujer, que tenía cara de madonna, la voz como el whisky con miel y que sabía manejar un revólver del cuarenta y cinco? Phil iba a averiguarlo aunque le llevara todo aquel verano seco y polvoriento. Encontraría el momento, aunque el horario fuera agotador.

Apoyado en el respaldo de la tumbona, Phil miró hacia las estrellas. Había declinado la invitación para una fiesta porque tenía que trabajar en una escena que iba a filmar al día siguiente. Sin embargo, no podía dejar de pensar en Tory, y había perdido la noción del tiempo. Sabía que tenía que sacársela de la cabeza para poder concentrarse en la película sin distracciones, pero no podía...

Inquieto, Phil se levantó. Estaba cansado, eso era todo. Y tenía que leer aquel nuevo guión antes de irse a dormir. La casa estaba silenciosa cuando entró por la puerta de la terraza. Incluso la música había cesado sin que él se diera cuenta.

El salón era amplio, decorado en tonos claros y con grandes ventanales que le proporcionaban apertura a la estancia. No tenía nada de la opulencia de las casas en las que se había criado, pero mantenía el mismo ambiente de dinero y éxito. Phil se encontraba a gusto en él, como con su vida, consigo mismo y con la forma de ver el futuro.

Atravesó el salón y subió a su habitación para tomar una ducha. El baño era enorme, y la ducha recorría una pared, con grifos que pulverizaban agua en ambos lados. Abrió los grifos y se quitó el bañador mientras el agua se calentaba. Cuando entró en la ducha, recordó el pequeño espacio en el que se había duchado aquella mañana asfixiante en Friendly.

El jabón todavía estaba húmedo de Tory. Le había provocado una sensación muy íntima frotarse la piel con la pequeña pastilla e imaginársela recorriendo el cuerpo de Tory. Entonces, se había quedado sin agua caliente, mientras todavía estaba cubierto de espuma. La había maldecido con fluidez y la había deseado escandalosamente. Mientras estaba entre los chorros cruzados de agua, Phil supo que todavía la deseaba. Impulsivamente, tomó el teléfono que estaba colgado en la pared, junto a la ducha.

—Quisiera hacer una llamada a Friendly, Nuevo México —le dijo a la operadora—. A la comisaría.

Phil esperó mientras el vapor ascendía de la ducha. El teléfono hizo un clic, después emitió un zumbido, y después llamó.

—Oficina del sheriff.

El sonido de su voz hizo sonreír a Phil.

—Sheriff.

Tory frunció el ceño, y dejó el café que la mantenía despierta sobre el expediente que estaba redactando.

—¿Sí?

—Soy Phil Kincaid.

Hubo un completo silencio mientras Tory abría y cerraba la boca. Sintió un escalofrío que consideró ridículamente juvenil y se irguió en el escritorio.

—Vaya —dijo con ligereza—, ¿se te ha olvidado el cepillo de dientes?

—No —respondió Phil, y se quedó sin saber qué decir durante unos momentos, intentando encontrar una excusa razonable para la llamada. Él no era un adolescente enamorado que llamaba a una chica sólo por oír su voz—. El rodaje va según lo programado —le dijo, pensando rápidamente—. Estaremos allí el viernes de la semana que viene. Quería asegurarme de que no habrá ningún problema.

Tory miró hacia la celda, recordándolo tal y como era cuando estaba allí.

—Tu directora de localizaciones ha estado en contacto con el alcalde y conmigo —dijo, apartando la mirada de la celda—. Tienes todos los permisos necesarios. El hotel está reservado para ti. He tenido que luchar para conservar mi habitación. También hay varias personas que están haciendo preparativos para alojaros en su casa.

No tuvo que añadir que la idea no era de su agrado. Con su tono lo decía todo. De nuevo, él sonrió.

—¿Todavía tienes miedo de que corrompamos tu pueblo, sheriff?

—Tú y tu gente vais a respetar los límites, Kincaid —replicó ella—, o volverás a tu vieja habitación.

—Es reconfortante saber que me estás esperando. ¿Es cierto?

—¿Que te estoy esperando? —Tory soltó una carcajada seca—. Como los egipcios esperaban la siguiente plaga.

—Ah, Victoria, tienes una forma única de explicar las cosas.

Tory frunció el ceño al escuchar un extraño sonido por la línea telefónica.

—¿Qué es ese ruido?

—¿Ruido?

—Parece como si estuviera corriendo el agua.

—Así es —respondió él—. Estoy en la ducha.

Durante diez segundos, Tory no dijo nada, y después se echó a reír.

—Phil, ¿por qué me llamas desde la ducha?

Algo de su risa, y de la manera en que ella había dicho su nombre, le causó una nueva oleada de deseo.

—Porque me recordaba a ti.

Tory puso los pies en el escritorio, olvidándose de su expediente. Algo se suavizó dentro de ella.

—¿Mm? —murmuró.

—Recuerdo que me quedé sin agua caliente a media ducha en tu habitación de invitados. En aquel momento no estaba de humor para formular una queja oficial.

—Hablaré con la dirección —dijo ella—. Yo no esperaría un alojamiento de lujo en el hotel, Kincaid. No hay servicio de habitaciones ni teléfonos en los baños.

—Sobreviviremos.

—Eso habrá que verlo —respondió ella secamente—. Puede que tu grupo experimente un choque cultural cuando se vea desprovisto de bañeras de burbujas.

—Piensas de verdad que somos una panda de blandos, ¿no? Pues puede que aprendas un par de cosas de la gente del cine este verano, Victoria. Voy a disfrutar mucho enseñándote.

—No hay nada que yo quiera aprender de ti.

—Querer y necesitar son palabras diferentes —le dijo él. Casi pudo ver la irritación reflejada en sus ojos. Le causó un extraño placer.

—Siempre y cuando te atengas a las normas, no habrá problemas.

—Llegará el momento, Tory —murmuró él—, en que tú y yo jugaremos según mis reglas. Todavía tengo que cumplir mi promesa.

Tory se puso en pie dando una patada en el suelo.

—Lávate bien detrás de las orejas —le ordenó, y colgó de golpe.

CAPÍTULO 5

Tory estaba en su oficina cuando llegaron. El sonido de tantos coches en el exterior sólo podía significar una cosa. Se obligó a terminar el formulario que estaba rellenando antes de levantarse del escritorio. Por supuesto, no tenía ninguna prisa por verlo de nuevo, pero su deber era asegurarse de que la ciudad conservara el orden público durante la llegada de la gente de Hollywood. Sin embargo, titubeó un momento, tocando distraídamente la placa que llevaba en el pecho con un dedo. Todavía no había resuelto la cuestión de cómo enfrentarse a Phil. Conocía bien la ley, pero la ley no iba a ayudarla cuando tuviera que estar con él sin la placa. Tod entró como una bala por la puerta, con los ojos muy abiertos y con la cara colorada.

—¡Tory, ya están aquí! Son muchísimos, y están delante del hotel. ¡Hay camionetas, coches y de todo!

Aunque le apetecía soltar un juramento, tuvo que sonreír a Tod. Sólo la llamaba Tory cuando estaba muy emocionado por algo. Y era un chico tan dulce, tan lleno de sueños... Tory se acercó a él y le pasó un brazo por el hombro. Él ya no se encogía.

—Vamos a ver —dijo.

—Tory... sheriff —respondió Tod, corrigiéndose—. ¿Crees que ese hombre me dejará ver cómo hace la película? Ya sabes, el hombre al que metiste en la cárcel.

—Sí, ya sé a quién te refieres —murmuró Tory mientras salían a la calle—. Me imagino que sí.

La escena que se estaba desarrollando fuera era tan extraña en Friendly que Tory estuvo a punto de echarse a reír. Había varios vehículos frente al hotel, y una muchedumbre. El alcalde estaba en la acera, hablando con todo el mundo a la vez. Varios de los californianos estaban mirando por la ciudad con expresión de curiosidad y de asombro. Y la gente de Friendly los miraba con la misma cara de extrañeza.

Planetas distintos, pensó Tory con una ligera sonrisa. Al ver a Phil, su sonrisa se desvaneció.

Iba vestido informalmente, como durante su primera visita a Friendly, del mismo modo que los miembros de su equipo. Y, sin embargo, había una diferencia: él era quien ejercía la autoridad. Incluso mientras escuchaba al alcalde, estaba dando órdenes. Y los demás obedecían, añadió Tory pensativamente. Parecía que había buena relación entre su gente y él, y también respeto. Hubo alguna carcajada y un par de gritos mientras se descargaba el equipo, pero el procedimiento fue muy organizado. Él supervisaba todos los detalles.

—Vaya —dijo Tod—. Mira qué de cosas. Seguro que llevan las cámaras en esas cajas. Quizá me dejen mirar alguna.

—Mmm —murmuró Tory. Vio reírse a Phil, y oyó el sonido de su risa desde el otro lado de la calle. Entonces, él la vio a ella.

Su sonrisa no desapareció, pero se alteró sutilmente. Se miraron el uno al otro mientras la gente de Phil daba vueltas y la gente de Tory susurraba. Aquella observación se convirtió en un desafío sin palabras. Ella se mantuvo erguida, con el brazo apoyado relajadamente en los hombros del niño. Phil se dio cuenta del gesto mientras sentía una punzada de algo que no fue completamente agradable. Descubrió, con perplejidad, que le dolía. Sólo mirarla le dolía. Tenía una mirada fría, incluso remota, pero sus ojos estaban clavados en los de él. Phil veía la pequeña placa prendida en su pecho. En aquel día cálido, seco, ella era como un vino potente e irresistible y, quizá, desaconsejable.

Phil cruzó la calle y se detuvo a pocos pasos de la acera, de modo que sus ojos quedaron al mismo nivel.

–Sheriff.

–Kincaid –dijo ella con frialdad.

Phil se fijó en el chico y sonrió.

–Hola, Tod. ¿Cómo estás?

–Muy bien –dijo el chico, que lo miró desde debajo de una mata de pelo revuelto. El hecho de que Phil le hubiera hablado, y de que recordara su nombre, conmovió a Tory. Sin embargo, se apartó aquel pensamiento de la cabeza y se recordó que no podía permitirse sentir demasiadas cosas buenas por Phil Kincaid–. ¿Podría…? –dijo Tod, y se movió con incomodidad. Después, reunió valor–. ¿Cree que podría ver algo del equipo de rodaje?

Phil sonrió.

–Claro. Ve allí y pregunta por Bicks. Dile de mi parte que te enseñe una cámara.

–¿Sí? –preguntó Tod. Entusiasmado, miró a Phil durante un momento, y después a Tory. Cuando ella le sonrió, Phil se dio cuenta de que el chico tenía el corazón en los ojos.

«Oh, oh», pensó, al ver el ligero rubor que cubría las mejillas de Tod. Tory le apretó los hombros afectuosamente y él se ruborizó más.

–Ve –le dijo.

Phil observó cómo el chico cruzaba la calle rápidamente, y después se volvió a mirar a Tory.

—Parece que has hecho otra conquista. No me queda más remedio que admirar su gusto —dijo; al ver que Tory lo miraba con confusión, sacudió la cabeza—. Por el amor de Dios, Tory, el chico está enamorado de ti.

—No seas absurdo. Es un niño.

—Ya no. Tiene la edad suficiente como para estar enamorado de una mujer bella —dijo Phil, y sonrió de nuevo, al ver que Tory miraba a Tod con angustia—. Yo también fui un chico de catorce años.

Tory se sintió molesta por el hecho de que él hubiera tenido que señalarle algo tan evidente, y lo atravesó con la mirada.

—Pero nunca tan inocente como ése.

—No —convino él, y subió a la acera. Ella tuvo que alzar la cabeza para mantener sus ojos a la misma altura que los de Phil—. Me alegro de verla, sheriff.

—¿De veras?

—Sí, y me preguntaba si sólo me había imaginado lo guapa que eras.

—Has traído a un grupo muy grande —comentó ella, haciendo caso omiso de su comentario—. Y supongo que vendrán más.

—Algunos. Necesitaba rodar planos de la ciudad y del paisaje. Los actores llegarán dentro de un par de días.

Ella asintió y se inclinó junto a un poste.

—Tendrás que guardar los coches en el garaje de Bestler. Si tienes pensado usar alguna residencia privada o uno de los almacenes para el rodaje, deberás hacer los tratos individualmente. El bar de Hernández está abierto hasta las once entre semana, y hasta la una de la mañana los sábados. El consumo de alcohol en la calle está penado con una multa de cincuenta dólares. Tú serás el responsable de cualquier daño contra la propiedad privada. Todo aquello que se altere para el rodaje tendrá que ser devuelto a su estado original. Cualquier persona que provoque molestias o escándalo en el hotel o en la calle después de las doce de la noche será multada y arrestada. Como éste es tu espectáculo, Kincaid, tú serás el responsable de mantener a tu gente a raya.

Él escuchó aquella catarata de normas con cara de interés.

—Ven a cenar conmigo.

Ella estuvo a punto de sonreír.

—Olvídalo.

Cuando comenzó a alejarse de él, Phil la tomó del brazo.

—No es probable que ninguno de los dos lo olvidemos, ¿verdad?

Tory no se zafó de su mano. Le gustaba sentir su contacto de nuevo. Sin embargo, lo miró fijamente.

—Phil, los dos tenemos que hacer nuestro trabajo. Vamos a simplificar las cosas, ¿de acuerdo?

—Por supuesto —dijo él—. ¿Qué te parece si lo llamamos cena de negocios?

Tory se rió.

—¿Y por qué no lo llamamos por su nombre?

—Porque entonces tú no vendrías, y quiero hablar contigo.

—¿Sobre qué?

—Sobre varias cosas. Entre ellas, mi película y tu ciudad. ¿No sería más fácil si los dos nos entendiéramos y llegáramos a una serie de acuerdos básicos?

—Quizá.

—Ven a cenar conmigo a mi habitación —le pidió él. Ella arqueó una ceja, y él continuó—: También es mi oficina, por el momento. Me gustaría hablar de la película. Si vamos a discutir, sheriff, hagámoslo en privado.

Fue la palabra sheriff lo que la convenció. Era su trabajo.

—Está bien —convino ella—. A las siete.

—Muy bien —dijo Phil. Cuando Tory comenzó a darse la vuelta, él la detuvo otra vez—. Sheriff —le dijo con una sonrisa—. Deje la pistola en el escritorio, ¿de acuerdo? Mataría mi apetito.

Ella se echó a reír.

—Puedo manejarte sin ella, Kincaid.

Victoria frunció el ceño mientras miraba la ropa de su armario. Incluso mientras se duchaba, había estado pensando en ponerse la ropa de trabajo, y la placa, para la cena con Phil. Sin embargo, eso hubiera sido mezquino, y la mezquindad no era su estilo. Pasó un dedo por un vestido de seda verde. Era de corte muy simple, estrecho, con el cuello alto y abotonado hasta la cintura. Cómodo y atractivo. Lo descolgó de la percha y se lo puso, dejando que la seda se le deslizara por la piel. El vestido la favorecía mucho y al mismo tiempo le dejaba libertad de movimientos.

Después, se roció de perfume automáticamente, y demasiado tarde, recordó el comentario de Phil sobre él. Tory dejó el delicado frasco sobre la cómoda y se encogió de hombros. Ya no podía quitarse el perfume. Se sentó sobre la cama y se puso los zapatos; un momento después, salió de la habitación, decidida a salir ganando de aquella cita.

La habitación de Phil estaba justo en la puerta de al lado. Aunque sabía que él mismo se había ocupado de aquel pequeño detalle, Tory no pensaba mencionarlo. Llamó con energía y esperó.

Cuando abrió la puerta, Phil se olvidó del comentario que iba a hacerle. Recordó lo que había pensado sobre verla vestida de seda, y se quedó mirándola embobado. Exquisita. Era la palabra que le resonaba por la mente, pero ni siquiera eso podía pronunciar. En aquel momento, supo que debía conseguir a Tory, o que se pasaría toda la vida obsesionado por la necesidad de hacerlo.

—Victoria —consiguió decir después de un momento.

Aunque a ella se le había acelerado el pulso debido a la mirada de Phil, y al modo en que había pronunciado su nombre, sonrió.

—Phillip —dijo muy formalmente—. ¿Entro, o cenamos aquí fuera?

Phil reaccionó. Tartamudeando y mirándola así no iba a conseguir mucho. La tomó de la mano para meterla en la habitación y cerró la puerta, sin saber muy bien si la estaba encerrando a ella o si estaba dejando el resto del mundo fuera.

Tory miró a su alrededor por la habitación, que estaba amueblada sin orden ni concierto. Phil ya se las había arreglado para dejar su impronta. El escritorio estaba lleno de papeles. Había un cuaderno abierto, escrito de margen a margen, unos cuantos lapiceros y una radio. La habitación estaba iluminada con velas. Tory arqueó las cejas y miró hacia la mesa, en la que había dos platos tapados para que mantuvieran el calor. También había una botella de vino abierta. Tory se acercó y leyó la etiqueta.

—Château Haut-Brion Blanc —murmuró, con un acento perfecto. Con la botella entre las manos, miró a Phil—. Esto no lo has comprado en la licorería de Mendleson.

—Siempre llevo unos cuantos... caprichos cuando voy a rodar exteriores.

Tory dejó la botella en la mesa.

—¿Y las velas?

—El la ferretería del pueblo —le dijo él.

—Vino y velas —murmuró Tory—. ¿Para una cena de trabajo?

—Vamos, síguele la corriente al director —sugirió él, y se acercó para servir dos copas de vino—. Siempre estamos organizando escenas. Es algo incontrolable —añadió, y le tendió la copa. Después tocó el borde con el de la suya—. Sheriff, por una relación cómoda.

—Asociación —corrigió ella, y bebió—. Muy agradable —dijo, asintiendo. Después lo miró brevemente. Llevaba unos pantalones de pinzas impecables, con una camisa color claro que marcaba su torso delgado. La luz de las velas marcaba los matices rojizos de su pelo—. Ahora tienes un aspecto más acorde con tu profesión que cuando te conocí —comentó.

—Y, tú, menos con la tuya.

—¿De verdad? —ella se dio la vuelta y caminó por la habitación. La alfombra tenía algunos parches, el cabecero de la cama estaba arañado y la mesilla de noche cojeaba—. ¿Qué te parece el alojamiento, Kincaid?

—Sirve.

Ella se echó a reír.

—Espera a que haga calor.

—¿No lo hace?

—¿Te dicen algo las palabras inmortales «todavía no has visto nada»?

Él apartó de mala gana los ojos de los movimientos de su cuerpo bajo la seda.

—¿Es que quieres ver derretirse a la chusma de Hollywood, Tory?

Ella se dio la vuelta y lo desconcertó con una sonrisa resplandeciente.

—No, en vez de eso te deseo suerte. Después de todo, siempre admiro tu producto acabado.

—Aunque no lo que hace falta para conseguirlo.

—Quizá no —convino ella—. ¿Qué vas a darme de cenar?

Él se quedó en silencio un momento, observando aquellos ojos que se habían reído de él por encima del borde de la copa.

—El menú es bastante limitado.

—¿Pastel de carne? —preguntó dubitativamente, sabiendo que era la especialidad del hotel.

—Dios, no. Pollo y buñuelos.

Tory se acercó a él.

—En ese caso, me quedaré —afirmó. Se sentaron uno frente al otro, y Tory preguntó—: ¿Quieres que zanjemos el tema del trabajo, Kincaid, o va a interferir con tu digestión?

Phil se rió, y después la sorprendió al alargar el brazo y agarrarle una mano con las suyas.

—Eres una mujer de armas tomar, Tory. ¿Por qué tienes miedo de usar mi nombre de pila?

Ella vaciló un momento, pero permitió que su mano permaneciera entre las de él. «Porque es demasiado personal», pensó.

—¿Miedo? —preguntó.

—¿Reticencia? —sugirió él, acariciándole el dorso de la mano con un dedo.

—Irrelevante —dijo ella, y con suavidad, apartó la mano—. Me han dicho que vas a estar aquí rodando unas seis semanas —comentó mientras levantaba la tapa del plato y la dejaba a un lado—. ¿Es firme?

—Según la aseguradora —murmuró Phil, tomando otro sorbito de vino.

—¿La aseguradora?

—Tyco, Inc., empresa de seguros cinematográficos.

—Ah, sí —dijo Tory, mientras jugueteaba con el pollo—. He oído decir que había una nueva ola en Hollywood. Garantizan que la película se terminará a tiempo y de acuerdo al presupuesto, o pagan los costes que sobrepasen el presupuesto. Pueden despedirte, ¿no?

—A mí, al productor, a los actores, a cualquiera —dijo Phil.

—Práctico.

—Asfixiante —dijo él, y pinchó un pedazo de pollo.

—Desde tu punto de vista, me imagino que sí, pero es un negocio, y tiene sentido. La gente creativa a veces necesita ciertos... límites. Como, por ejemplo, los que yo te he marcado esta mañana.

—Y los límites tienen que ser flexibles. Como por ejemplo —dijo Phil con una sonrisa—: para algunas escenas de las que voy a rodar, necesitaré tu cooperación. La gente del pueblo puede mirar cualquier fase del rodaje, siempre y cuando no interfieran, ni interrumpan, ni se pongan en medio. Además, algunas cosas del equipo que hemos traído son muy caras y muy sensibles. Tenemos seguridad, pero tú eres la sheriff, y quizá quieras dejar claro que eso está en zona prohibida.

—Tu equipo es responsabilidad tuya —le recordó ella—, pero de todas formas redactaré un aviso. Antes de que ruedes las escenas nocturnas, tendrás que notificármelo.

—Habrá momentos en los que necesitaré que alguna calle esté cerrada y vacía.

—Envíame un memorándum —dijo ella—, con las fechas y las horas. Friendly no puede parar para satisfacer tus necesidades.

—Ya casi está parado.

—No tenemos carril rápido —replicó ella, sonriendo sin poder evitarlo—, como tú ya has comprobado.

Él la miró de reojo.

—También me gustaría tener de extras a algunos de los locales.

Tory puso los ojos en blanco.

—Dios, te estás buscando problemas. Adelante —le dijo Tory encogiéndose de hombros—, avisa del casting en el pueblo, pero será mejor que uses a todos los que se presenten, de un modo u otro.

Como eso ya lo había pensado, Phil no se inquietó.

—¿Interesada? —le preguntó.

—¿Mmm?

—¿Estás interesada?

Tory se rió mientras le tendía la copa para que le sirviera más vino.

—No.

Phil mantuvo la botella en alto durante un momento.

—Lo digo en serio, Tory. Me gustaría filmarte.

—No tengo ni tiempo ni ganas.

—Tienes el físico necesario y creo que también el talento.

Ella sonrió, más divertida que halagada.

—Phil, soy abogada. Es exactamente lo que quiero ser.

—¿Por qué?

—Porque la ley me fascina —dijo ella, después de una pausa—. Porque la respeto. Porque me gusta pensar que a veces puedo ayudar en el procedimiento de la justicia. Trabajé mucho para entrar en Harvard, y más aún cuando llegué allí. Para mí es algo importante.

—Y sin embargo, lo has dejado por un periodo de seis meses.

—No por completo. Y de todos modos, es necesario. Seguirá habiendo casos cuando vuelva.

—Me gustaría verte en la sala del tribunal. Seguro que eres fabulosa.

—Increíble —convino ella, sonriendo de nuevo—. El ayudante del fiscal del distrito me odia —dijo, y tomó otro poco de pollo—. ¿Y tú? ¿Por qué la dirección, en vez de la interpretación?

—Nunca me llamó la atención —respondió Phil. Se apoyó en el respaldo de la silla, relajado y estimulado. Tenía la impresión de que podría quedarse mirándola para siempre. Su olor, mezclado con el de la cera caliente, era erótico, y su voz calmante—. Y supongo que me gustaba más la idea de dar órdenes en vez de obedecerlas. Cuando eres el director, puedes alterar una escena, cambiar un tono, imponer el ritmo de una historia. Un actor sólo puede trabajar con un personaje, por muy complejo que sea.

—Nunca has dirigido a ninguno de tus padres —dijo Tory; dejó que las palabras quedaran suspendidas en el aire, en vez de formular una pregunta. Él sonrió, y Tory tuvo la tentación de pasarle los dedos por las arrugas de las mejillas.

—No. Causaría un revuelo, ¿verdad? Los tres juntos en una película. Aunque llevan divorciados más de veinticinco años, pondrían frenéticas a las revistas.

—Podrías hacer dos películas separadas.

—Sí… si tuviera los guiones adecuados… —de repente, sacudió la cabeza—. Lo he pensado, incluso me lo han propuesto un par de veces, pero no estoy seguro de que fuera un movimiento inteligente, ni en lo personal ni en lo profesional. Son una pareja muy temperamental, explosiva, y probablemente, dos de los mejores actores dramáticos de los últimos cincuenta años. Los dos exprimen hasta la última gota de sangre de sus personajes.

—Yo siempre los he admirado —dijo Tory—. Sobre todo en las películas que hicieron juntos. Inundaban de química la pantalla.

—Y la vida real también —murmuró Phil—. Siempre me ha asombrado que consiguieran estar juntos casi diez años. Ninguno de los dos ha tenido un matrimonio tan largo después. El problema es que nunca dejaron de competir. Les daba esa química en la pantalla, y les causaba muchos problemas en casa. Es difícil vivir con alguien cuando temes que sea o pueda ser mejor que tú.

—Pero tú los quieres mucho, ¿no? —preguntó ella, y observó que él arqueaba una ceja a modo de pregunta—. Se nota —dijo—. Es bastante agradable.

—Los quiero —dijo él—. Y también me producen un poco de temor. Son gente formidable, juntos o por separado. Yo crecí oyendo recitar guiones durante el desayuno y oyendo destrozar productores durante la cena. Mi padre vivía cada uno de sus papeles. Si estaba interpretando a un psicótico, podía encontrarme a un loco en el baño.

—*Obsesión* —recordó Tory, encantada—. Mil novecientos cincuenta y siete.

—Muy bien —dijo Phil—. ¿Eres admiradora suya?

–Naturalmente. Me dieron el primer beso viendo una película de Marshall Kincaid, *Viaje interminable* –le explicó ella, y se echó a reír–. La película fue lo más memorable de las dos cosas.

–Tú estabas en pañales cuando hicieron esa película –calculó Phil.

–¿Has oído hablar de la última sesión?

–Las niñas –dijo él– deberían estar en la cama a esas horas.

Tory contuvo una carcajada. Apoyó los codos en la mesa y puso la barbilla sobre las manos.

–¿Y los niños?

–Deberían no meterse en problemas.

–Ya, y un cuerno –replicó Tory, riéndose–. Según recuerdo, tus... hazañas comenzaron a edad muy temprana. ¿Cómo se llamaba aquella actriz con la que saliste cuando tenías dieciséis años? Ella tenía veinte, creo, y...

–¿Más vino? –la interrumpió Phil, y le llenó la copa antes de que pudiera responder.

–Y después estuvo la hija de aquel cómico.

–Éramos como primos.

–¿De verdad? –preguntó Tory con expresión de duda–. Y la bailarina... ah, Nicki Clark.

–Magníficos movimientos –recordó Phil, y sonrió–. Parece que sabes mucho de mis hazañas, más que yo mismo. ¿Te pasaste todo el tiempo libre en Harvard leyendo revistas?

—Mi compañera de habitación sí —confesó Tory—. Era estudiante de interpretación. De vez en cuando la veo en los anuncios. Y también conocí a alguien del mundillo. Tu nombre se pronunciaba bastante en las fiestas.

—El actor con el que saliste.

—Excelente memoria —murmuró Tory, un poco incómoda—. Me dejas asombrada.

—Es una herramienta de trabajo. ¿Cómo se llamaba?

Tory tomó su copa de vino y la observó durante un instante.

—Chad Billings.

—¿Billings? —sorprendido, y no muy complacido, Phil frunció el ceño—. Una sanguijuela mediocre, Tory. No me parece de tu estilo.

—¿No? —ella lo miró fijamente—. Fue divertido y… educativo.

—Y casado.

—¿Vas a juzgarme, Phil? —preguntó ella, y se encogió de hombros—. Estaba entre dos víctimas en aquel momento.

—Una acertada descripción —murmuró Phil—. Si formaste tu opinión sobre la industria cinematográfica con él, me sorprende que no hayas puesto alambradas para impedir que viniéramos.

—Lo pensé —dijo ella, pero sonrió de nuevo—. No soy completamente tonta, ¿sabes?

Sin embargo, Phil siguió observándola intensamente. Se sentía más molesto de lo que debiera al imaginársela con Billings.

—¿Te hizo daño? —le preguntó bruscamente.

Tory se sorprendió.

—No —dijo ella lentamente—. Aunque supongo que me lo habría hecho si yo se lo hubiera permitido. No salimos con exclusividad, ni durante mucho tiempo. Yo estaba llevando un caso en Los Ángeles aquella temporada.

—¿Y por qué Albuquerque? —preguntó Phil en voz alta—. Lou se quedó impresionado contigo, y él no se deja impresionar fácilmente. ¿Por qué no estás en una oficina de cristal y acero de Nueva York?

—Odio el tráfico —dijo Tory, apoyándose en el respaldo de la silla con la copa en la mano, relajada—. Y no tengo prisa.

—¿Los Ángeles?

—No juego al tenis.

Él se rió con ganas; a cada momento que pasaba la apreciaba más.

—Me encanta cómo resumes las cosas, Tory. ¿Qué haces cuando no estás defendiendo la ley?

—Lo que quiero, sobre todo. Los deportes y las aficiones son demasiado exigentes. Me gusta dormir.

—Se te olvida que te he visto montar a caballo.

—Eso es distinto. Me relaja. Me aclara la mente.

—¿Y por qué vives en un hotel si tienes una casa a las afueras del pueblo?

Phil vio que se le tensaban los dedos en la copa, ligeramente.

—Es más fácil.

«Déjalo por el momento», se dijo él. «Es una herida reciente».

—¿Y qué haces tú cuando no estás haciendo una película? —preguntó ella, intentando relajarse.

—Leo guiones… veo películas.

—Vas a fiestas —dijo Tory.

—Eso también. Es parte del juego.

—¿Y no te resulta difícil algunas veces vivir en una ciudad donde hay tantas cosas que son mera fachada? Incluso teniendo en cuenta el objetivo de tu profesión, tienes que enfrentarte con la locura, la imaginación, incluso la desesperación. ¿Cómo separas la realidad de la fantasía?

—¿Y cómo lo haces tú en tu profesión?

Tory pensó durante un instante, y después asintió.

—Tocada —dijo.

Se levantó y se acercó a la ventana. Apartó la cortina, y se sorprendió al comprobar que ya se había puesto el sol. Había unos cuantos retazos de rojo en el horizonte, pero al este, el cielo estaba oscuro. Ya habían salido unas cuantas estrellas. Phil se quedó sentado, mirándola y deseándola.

—Ahí está Merle, haciendo su ronda —dijo Tory, con una sonrisa en la voz—. Tiene expresión oficial. Me imagino que espera que lo descubran. Si no puede ser un policía duro del siglo diecinueve, se conformaría con interpretarlo —añadió. En aquel momento, un coche entró en el pueblo e hizo un derrape—. Oh, Dios, los gemelos.

Suspiró, y vio que Merle se volvía e iba en su dirección.

—No ha vuelto a haber paz en el pueblo desde que se sacaron el carné de conducir. Supongo que será mejor que baje y los mantenga a raya.

—¿Y no puede ocuparse Merle de un par de chicos?

Tory se rió.

—No conoces a los Kramer. Ahí está Merle, echándoles el sermón número veintidós.

—¿Le limpiaron las ventanas a Hollister? —le preguntó Phil, mientras se levantaba y se acercaba a ella.

—¿Cómo sabías eso?

—Me lo dijo Tod.

Phil miró por la ventana y se dio cuenta de que quería ver quiénes eran aquellos infames gemelos. A distancia le parecieron inofensivos, y desconcertantemente iguales.

—¿Cuál es Zac?

—Ah... el de la derecha, creo. Quizá. ¿Por qué?

—Zac Kramer no obedece a una mujer sheriff —citó él.

Tory le sonrió.

—¿Eso dice?

—Sí —dijo Phil, y casi sin darse cuenta, tomó entre los dedos un mechón de su pelo—. Obviamente, no es un chico muy perceptivo.

—Lo suficientemente perceptivo como para limpiarle las ventanas al señor Hollister —lo corrigió Tory, divirtiéndose al recordarlo—. Y para llamarme chica sexy entre dientes cuando pensaba que yo no lo oía. Claro que también pudo haber sido Zeke.

—¿Chica sexy?

—Sí. Una chica muy sexy. Fue un cumplido definitivo por su parte.

—Se te suben fácilmente los humos —decidió él—. ¿Y si yo te dijera que tienes la cara de un retrato de Rafael?

A Tory le brillaron los ojos de diversión.

—Diría que te has pasado un pelo.

—Y el pelo… —él siguió hablando, con un ligero cambio de voz—. Tu pelo me recuerda a la noche, a una noche de verano, calurosa, que te tiene despierto, pensando, deseando —dijo, y metió las dos manos entre su pelo, dejando que los dedos se enredaran.

—Phil —dijo Tory; no estaba preparada para lo repentino del deseo que se había adueñado de los dos.

—Y tu piel —murmuró él, sin oírla—, me hace pensar en sábanas de satén, y sabe a algo prohibido —le rozó la mejilla con la boca—. Tory.

Ella notó su nombre susurrado contra la piel y se estremeció. Le rodeó el cuello con los brazos.

—¿Sabes lo mucho que he pensado en ti durante estas semanas?

—No —dijo Tory. No quería resistirse. Quería sentir aquel placer salvaje que le causaba el hecho de sentir sus labios—. No —repitió.

—Demasiado —murmuró Phil—. Demasiado.

Y la besó.

La pasión fue inmediata, frenética. Los dominó a los dos. Ambos buscaron la excitación ciega que habían conocido pocas semanas antes. Tory pensaba que había magnificado aquellas sensaciones a medida que pasaban los días, pero en aquel momento se dio cuenta de que las había disminuido. Aquella clase de fervor era indescriptible, había que experimentarlo. Todo se aceleró en ella: la sangre, el corazón, el cerebro. Toda sensación, toda emoción, se centró en su boca. Se sentía tan llena de él, que no podía separarse de sus labios. Con un gemido, echó la cabeza hacia atrás para que él se hundiera más en su boca. Pero Phil quería más.

Le echó el pelo hacia la espalda, dejando vulnerable su cuello. Rindiéndose a una necesidad desesperada, la devoró entre besos. Tory emitió un sonido de dolor y placer. Parecía que su aroma estaba concentrado allí, calentado por el pulso de su garganta. Aquello puso a Phil al borde del abismo. Comenzó a desabotonarle el vestido, impaciente por encontrar la piel escondida, la piel secreta que lo había obsesionado. Gruñó suavemente desde la garganta cuando deslizó la mano bajo la tela y la encontró.

Tory era firme, y lo suficientemente esbelta como para adaptarse a su mano. Los latidos de su corazón le vibraron contra la palma. Tory volvió la cabeza, pero sólo para que él besara la otra parte de su cuello, la que había desatendido. Él buscó por todas partes con las manos, con una reverencia profunda, explorando, recreándose, poseyendo. Ella oía sus murmullos mientras él deslizaba los labios por su piel, aunque no lo entendía. La habitación cada vez era más pequeña, y más caliente, así que Tory deseó quitarse la ropa y encontrar alivio... y dicha.

Aunque Phil había querido terminar la velada con Tory en su cama, no esperaba sentir tanta ansiedad. No sabía que podía perder tan fácilmente el control. No tenía poder para terminar con lo que le estaba ocurriendo: ella era su única respuesta.

—Dios, Tory —susurró, e hizo un viaje frenético por su rostro con la boca. Después volvió a sus labios—. Ven a la cama. Por el amor de Dios, ven a la cama. Te deseo.

—Phil...

Temblando, ella se apartó de él y se apoyó en el alféizar de la ventana.

—Yo... no —dijo, y se llevó las manos a las sienes. Él volvió a abrazarla.

—Sí —la corrigió, y la besó—. No puedes fingir que no me deseas tanto como yo te deseo a ti.

—No —respondió Tory. Apoyó durante un momento la cabeza sobre su hombro, antes de apartarse de sus brazos—. No puedo. Pero yo no hago todo lo que quiero. Ésa es una diferencia básica entre nosotros.

Él miró brevemente su vestido desabotonado.

—También parece que tenemos algo importante en común. Esto no sucede todo el tiempo entre un hombre y una mujer.

—No —Tory empezó a abotonarse el vestido—. No debería haber sucedido entre nosotros. Yo no quería.

—Yo sí —admitió él—, pero no de este modo.

Tory lo miró. Lo entendía perfectamente. Había sido más intenso de lo que ninguno de los dos hubiera esperado.

—Va a ser un verano muy largo, Phil —murmuró.

—Vamos a estar juntos más tarde o más temprano, Tory. Los dos lo sabemos. Yo no tengo intención de retirarme.

Ella asintió, aceptándolo. Sin embargo, no le gustaba el modo en que le temblaban las manos.

—No estoy lista.

—Puedo ser un hombre muy paciente cuando es necesario.

—Vamos a concentrarnos en nuestros trabajos, ¿de acuerdo? —le dijo ella. Quería salir de la habitación, pero no quería hacerlo apresuradamente–. Nos veremos por ahí, Kincaid.

–Seguro que nos veremos –murmuró él, mientras Tory se dirigía a la puerta.

Ella abrió la cerradura y se volvió hacia Phil con una media sonrisa.

–No te metas en problemas –le ordenó, y cerró después de salir.

CAPÍTULO 6

Phil se sentó junto al cámara en la grúa Tulip.

—Arriba —dijo.

El operador de la grúa los llevó a cinco metros y medio sobre el pueblo de Friendly. Estaba amaneciendo. Él lo había dispuesto todo para que no hubiera nadie en la calle, aunque sí había una multitud de espectadores detrás de la grúa y el equipo. Todas las entradas de la ciudad estaban bloqueadas para evitar la posibilidad de que cualquiera pudiera pasar conduciendo. Phil quería desolación y el comienzo cansado de un nuevo día.

Miró hacia abajo y vio a Bicks, que estaba comprobando la iluminación y el ángulo de la toma. Se habían utilizado focos potentes para equilibrar la luz del día. Sabía, centímetro a centímetro, dónde quería que cayeran las sombras. En aquella toma, Phil sería el ayudante de cámara, y se encargaría del enfoque.

Phil volvió a fijarse de nuevo en la calle. Sabía lo que quería: capturar el pueblo mientras salía el sol, con tanta luz natural como fuera posible. Miró a través de la lente y enfocó el plano. Le indicaría al cámara que comenzara con un plano panorámico del sol saliendo por el horizonte, y después, la grúa se desplazaría hacia atrás para filmar un plano general de toda la calle principal de Friendly. La cruda realidad. Phil quería captar el polvo de los escaparates de las tiendas. Satisfecho con lo que veía a través de la lente de la cámara, Phil marcó el ángulo y le hizo un gesto a su ayudante.

—Silencio en el plató.

—New Chance, escena tres, toma uno —dijo el claquetista.

—Adelante —dijo Phil, y esperó.

Con los ojos entrecerrados, podía visualizar lo que estaba viendo su cámara a través del objetivo. La luz era buena. Perfecta. Tendrían que capturarla con tres tomas, o menos, o deberían reforzarla con filtros. Eso no era lo que él quería. Notó cómo la grúa se movía lentamente hacia atrás. Más tarde, enlazaría aquella escena con la del protagonista caminando por aquella calle desde la estación del tren. Volvía a casa, pensó Phil, porque no tenía otro sitio al que ir. Y la encontraba, exactamente igual que la había dejado veinte años antes.

–Corten –dijo, y el ruido de fondo comenzó inmediatamente–. Quiero otra toma. A la misma velocidad.

Tory, al final de la multitud, observaba. No estaba precisamente encantada por haber tenido que levantarse al amanecer; lo había hecho tanto por sentido del deber como por curiosidad. Phil había dejado perfectamente claro que nadie debía asomarse por las ventanas durante aquella toma. Quería desolación, vacío. Tory intentó convencerse a sí misma de que había ido para que su gente se comportara bien, pero cuando terminó toda la organización, se había quedado porque quería ver a Phil trabajando.

Era muy autoritario y estaba totalmente relajado al respecto, pero, pensó ella mientras se metía las manos en los bolsillos traseros del pantalón, no parecía muy rígido. Se movió un poco a un lado e intentó ver la escena que él estaba imaginando. Parecía que el pueblo estaba cansado, y que empezaba el nuevo día con desgana. Aunque el horizonte tenía pinceladas de oro y rosa, había una neblina gris sobre la calle y los edificios.

Era la primera vez que él rodaba una escena allí. Durante la semana anterior habían estado filmando paisajes. Tory se había quedado en Friendly, y había enviado a Merle de vez en cuando para que comprobara que todo iba bien. Eso había hecho feliz a Merle, y le había dado oportunidad a Tory de guardar la distancia que quería. Cuando su ayudante volvía lleno de informes y de entusiasmo, ella se ponía al corriente de todo.

Sin embargo, aquel día había sentido el impulso de ver las cosas por sí misma. Habían pasado varios días, y varias largas noches, desde que Phil y ella habían cenado juntos. Se las había arreglado para estar más ocupada de lo necesario y poder evitarlo. Sin embargo, Tory no era una mujer que se evadiera durante mucho tiempo de los problemas, y Phil Kincaid era un problema.

Aparentemente, Phil quedó satisfecho, y le dijo al operario que bajara la grúa. La gente se movió alrededor de Tory como si fueran abejas. Varios niños se quejaron porque los mandaban al colegio. Tory vio a Tod, le sonrió y le hizo una seña.

—¿A que es genial? —le preguntó el chico en cuanto estuvo a su lado—. Quería subir —continuó, mirando hacia la grúa—, pero el señor Kincaid me dijo algo del seguro. Sin embargo, Steve me dejó ver la cámara, e incluso me dejó tomar algunas fotos. Es una treinta y cinco milímetros, con todo tipo de lentes.

—¿Steve?

—El hombre que está sentado junto al señor Kincaid. Es el operador de cámara —dijo Tod, y miró a Phil, que estaba hablando con el cámara y con varios miembros de su equipo—. ¿No te parece estupendo?

—¿Steve? —repitió Tory, sonriéndose por el entusiasmo de Tod.

—Bueno, también, pero yo me refería al señor Kincaid —dijo el chico, sacudiendo la cabeza—. Es muy listo. Deberías oír algunas de las palabras que utiliza. Y cuando las dice, todo el mundo salta.

—¿De verdad?

—Sí —le dijo Tod—. Y he oído que el señor Bicks le decía a Steve que prefiere trabajar con el señor Kincaid antes que con cualquier otro. Dijo que es un tipo muy duro, pero que era el mejor.

Mientras ella lo observaba, Phil estaba señalando con una mano, y con la otra, haciendo gestos para explicar lo que necesitaba en la toma siguiente. Claramente, sabía lo que quería, y que iba a conseguirlo. Ella pudo estudiarlo atentamente; estaba demasiado concentrado como para darse cuenta de que ella estaba allí, ni como para prestarle atención a la multitud de gente que miraba y murmuraba detrás de la barrera del equipo.

Llevaba unos pantalones vaqueros, una camiseta de color azul claro, y unas zapatillas de deporte. Del cinturón llevaba colgado una funda de gafas de sol y un transmisor de radio. Era muy intenso cuando estaba trabajando. En su mirada no había ni rastro de diversión; hablaba rápidamente y subrayaba las palabras con gestos de las manos. Una o dos veces, interrumpió lo que estaba diciendo para dar alguna orden a los técnicos que estaban preparando las luces.

Era un perfeccionista, pensó Tory, y se dio cuenta

de que no le sorprendía. Sus películas transmitían un cuidado íntimo que ella estaba presenciando en aquel momento. Un hombre fornido con una gorra de béisbol se acercó a él.

—Ése es el señor Bicks —murmuró Tod con reverencia—. Es el director de fotografía. Ha ganado dos Oscars.

Phil escuchaba atentamente lo que le decía su director de fotografía. Después negó con la cabeza. Bicks siguió hablando un poco más, se encogió de hombros, le dio a Phil un sólido puñetazo en el hombro y se alejó. Un tipo muy duro, aparentemente.

Ella se volvió hacia Tod y le revolvió el pelo distraídamente.

—Será mejor que te vayas al colegio.

—Oh, pero…

Tory arqueó una ceja y acabó con la disculpa.

—Ya casi han llegado las vacaciones de verano. Ellos seguirán aquí.

Él murmuró una protesta, pero Tory captó la mirada de sus ojos. Oh, oh, pensó, igual que había pensado Phil. ¿Cómo no había visto llegar aquello? Iba a tener que ser muy cuidadosa y delicada cuando dirigiera al chico en otra dirección. Un enamoramiento adolescente era algo importante y no podía descartarse con una sonrisa de despreocupación.

—Volveré después del colegio —le dijo él, con una

sonrisa resplandeciente. Antes de que ella pudiera responder, el chico había salido disparado, y Tory se quedó mordiéndose el labio inferior y preocupándose por él.

—Sheriff.

Tory se volvió bruscamente y se encontró ante Phil. Él sonrió lentamente y se puso las gafas de sol. A ella le molestó tener que esforzarse por ver su expresión a través de los cristales oscuros.

Kincaid respondió . ¿Cómo va todo?

—Bien. Tu gente es muy colaboradora.

—Y la tuya —dijo ella—. Por el momento.

Phil sonrió al oír aquello.

—Los actores llegan esta tarde. ¿La directora de localizaciones ya te ha pedido la autorización para aparcar los camiones y todo eso?

—Es muy eficiente —convino Tory—. ¿Estás consiguiendo lo que quieres?

Él tardó un instante en responder.

—Con respecto a la película, sí, hasta ahora —dijo, y alargó un dedo para acariciarle la placa—. Has estado muy ocupada estos últimos días.

—Y tú.

—No tanto. Te he dejado algunos mensajes.

—Lo sé.

—¿Cuándo vas a querer verme?

Ella arqueó las cejas.

—Te estoy viendo ahora.

Él dio un paso hacia delante y la tomó por la nuca.

—Phil…

—Pronto —le dijo en voz baja.

Aunque Tory notaba la textura de la piel de todos sus dedos en el cuello, lo miró con frialdad.

—Kincaid, crea tus escenas al otro lado de la cámara. Importunar a una representante de la ley te va a llevar otra vez a esa celda. Y te resultará difícil dirigir la película desde allí.

—Oh, claro que voy a importunarte —le advirtió él—. Con o sin la maldita placa, Victoria. Piénsalo.

Ella no retrocedió, ni le quitó la mano de su cuello, aunque sabía que había un par de curiosos que los estaban mirando.

—Le daré un par de minutos —prometió secamente.

Sólo hubo una cosa que revelara la irritación de Phil: la tensión de sus dedos. Tory pensó que estaba a punto de soltarla y se relajó. Él la besó tan rápidamente que ella no pudo reaccionar; se quedó anonadada. Antes de que pudiera pensar en empujarlo, él la soltó. Los ojos de Tory se volvieron de un verde intenso y furioso al ver que él le sonreía.

—Hasta luego, sheriff —le dijo alegremente, y volvió con su equipo.

Durante la mayor parte del día, Tory se quedó en la comisaría, echando chispas. De vez en cuando oía, a través de la ventana, la voz de Phil dando órdenes e instrucciones. Sabía que estaban haciendo planos panorámicos de la ciudad y se mantuvo alejada de la ventana. Tenía que trabajar, se dijo, y además, no tenía interés en la película, ni quería ver a Phil.

Al mediodía, el calor se había hecho insoportable. Phil llevaba horas trabajando sin parar. De mala gana, Tory tuvo que admitir que no se tomaba el trabajo a la ligera. En el escritorio, ella intentaba concentrarse en el suyo.

Las dos horas siguientes pasaron casi sin que se diera cuenta; Merle entró corriendo en la oficina. Acalorada, cansada y molesta por haber perdido la concentración, abrió la boca para darle una contestación brusca, pero antes, él explotó con entusiasmo:

—Tory, ¡ya han llegado!

—Estupendo —murmuró, fijándose de nuevo en sus notas—. ¿Quiénes?

—Los actores. Han llegado en limusinas negras y largas del aeropuerto. Hay media docena de caravanas Winnebago ahí fuera, para los vestuarios y todo eso. Deberías verlas por dentro. Tienen teléfono, televisión, y de todo.

Ella alzó la cabeza.

—Has estado muy ocupado, ¿eh, Merle? —le preguntó ella, pero él estaba demasiado excitado como para darse cuenta.

—Sam Dressler —continuó, caminando de un lado a otro—. Sam Dressler aquí mismo, en Friendly. Creo que he visto todas sus películas. Me ha dado la mano

—añadió, mirándose la palma con asombro—. Creyó que yo era el sheriff —dijo, y se volvió hacia Tory—. Por supuesto, yo le dije que sólo era el ayudante.

—Por supuesto —repitió ella, que había empezado a divertirse. Nunca le resultaba posible estar enfadada con Merle durante mucho tiempo—. ¿Y qué aspecto tiene?

—El que te imaginas. Moreno, duro, con un enorme diamante en el dedo. Firmó autógrafos para todos los que se lo pidieron.

—¿A ti también?

—Claro —dijo Merle; sonrió y le enseñó su libro de bolsillo—. Era lo único que tenía a mano.

—Muy ingenioso —dijo ella, y miró la escritura enérgica que él le estaba mostrando. En la otra página había unas líneas elegantes e inclinadas—. Marlie Summers —dijo Tory. La recordaba de una película del año anterior. Era una actriz muy atractiva.

—Es la cosa más bonita que he visto en mi vida —murmuró Merle.

Si aquello lo hubiera dicho otra persona, Tory no le hubiera prestado atención. Sin embargo, en aquel caso miró a Merle sin decir nada. Lo que vio le provocó una inquietud parecida a la que había sentido por Tory.

—¿De verdad? —preguntó cuidadosamente.

—Es bajita —continuó Merle, mirando el autógrafo—, toda rosa y rubia. Tiene los ojos enormes, azules, y las pestañas muy largas… –se quedó callado y se metió el libro al bolsillo.

Tory intentó tranquilizarse. Ninguna princesa de Hollywood iba a mirar dos veces a Merle T. Johnshon.

–Bueno –dijo calmadamente–. ¿Cuál será su papel?

–Me lo va a contar todo esta noche –respondió él, ajustándose el sombrero en la cabeza.

–¿Cómo? –graznó ella.

Con una sonrisa, Merle le dio el golpecito final al sombrero y se acarició el bigote que se estaba dejando crecer.

–Tenemos una cita –dijo, y salió alegremente de la comisaría, dejando a Tory con la boca abierta.

–¿Una cita? –preguntó ella en la comisaría desierta.

Antes de que pudiera reaccionar, sonó el teléfono de su escritorio. Lo descolgó y preguntó con un ladrido:

–¿Qué pasa?

Un poco desconcertado, el alcalde comenzó a tartamudear.

–Tory… sheriff Asthon, soy el alcalde Toomey.

–Sí, Bud –dijo ella, en un tono enérgico, mientras miraba hacia la puerta que Merle había dejado bien cerrada.

–Me gustaría que viniera a mi oficina, sheriff. Tengo a varios miembros del reparto aquí. El señor

Kincaid ha pensado que sería buena idea que los conocieras.

—Actores —repitió, pensando en Marlie Summers—. Me encantaría —dijo peligrosamente, y colgó antes de escuchar la respuesta del alcalde. Ninguna muñequita de Hollywood iba a romperle el corazón a Merle mientras ella estuviera allí.

Cruzó la calle, entró al hotel y se dirigió a la oficina del alcalde. El despacho estaba lleno de gente, y cuando abrió la puerta, todos los ojos se fijaron en ella. Tory miró a su alrededor brevemente. Marlie estaba sentada en el brazo de la silla de Phil, vestida de rosa con un traje que dibujaba sus curvas a la perfección. Parecía más joven de lo que ella había pensado; Tory la miró con una expresión que hizo sonreír a Phil. Pensó, equivocadamente, que quizá estuviera un poco celosa.

—Sheriff —dijo el alcalde, y se acercó a ella para hacer las presentaciones—. Es un gran honor para Friendly —dijo, con su mejor voz de político—. Estoy seguro de que reconoce al señor Dressler.

Tory le tendió la mano al hombre, que se aproximó a ella.

—Sheriff —dijo. Tenía una voz profunda y una cadencia dulce. Le estrechó la mano a Tory—: Esto es inesperado —murmuró, observando su rostro—, y delicioso.

—Señor Dressler, admiro mucho su trabajo —dijo

ella, y sonrió sin esfuerzo, porque lo que decía era cierto.

—Sam, por favor —dijo él—. Creo que vamos a ser una pequeña familia durante el rodaje. Victoria, ¿verdad?

—Sí.

A Tory le cayó bien, y sonrió nuevamente.

—Bud nos está haciendo sentir cómodos —continuó el actor, y le dio una palmada en el hombro al alcalde—. ¿Quieres tomar algo con nosotros?

—Sólo una gaseosa, Bud.

—La sheriff está de servicio —dijo Phil, y al oír su voz, Tory volvió la cabeza y lo miró—. Se toma su trabajo muy en serio —añadió Phil, y tocó el hombro desnudo de Marlie—. Victoria Ashton, te presento a Marlie Summers.

—Sheriff —dijo Marlie, con su sonrisa deslumbrante—. Phil me ha dicho que es usted poco corriente, y parece que ha vuelto a acertar.

—¿De verdad? —preguntó Tory, mientras aceptaba la lata que le tendía Bud. Miró a la actriz por encima del borde, con mucha atención. Marlie, que estaba acostumbrada a las miradas largas y a la frialdad femenina, no apartó los ojos.

—De verdad —dijo Marlie—. He conocido a su ayudante hace un rato.

—Ye me he enterado.

Así que el viento soplaba en aquella dirección,

pensó Marlie, y tomó un sorbito de su sangría helada. Al sentir la tensión, Bud intentó aligerar las cosas y siguió con el resto de las presentaciones.

Los demás miembros del reparto eran actores veteranos, pero también había novatos. Tory fue agradable con todos ellos, se quedó el tiempo suficiente como para contentar al alcalde, y después se marchó. Acababa de salir a la calle cuando notó un brazo en el hombro.

—¿No le gustan las fiestas, sheriff? —le preguntó Phil.

Ella se volvió lentamente hacia él.

—Cuando estoy de servicio, no.

Aunque él había estado trabajando todo el día bajo el sol, no tenía aspecto de estar cansado, sino eufórico. Tenía la camisa húmeda de sudor y el pelo lacio sobre las orejas, pero no había ninguna señal de cansancio en su rostro. Era la presión lo que le alimentaba, pensó ella. De nuevo se sintió atraída hacia él, no menos que cuando habían estado a solas en su habitación.

—Has tenido un día muy largo —murmuró Tory.

Él tomó un mechón de su pelo entre los dedos.

—Y tú también. ¿Por qué no vamos a dar un paseo en coche?

Tory negó con la cabeza.

—No, tengo cosas que hacer —dijo ella, y cambió de tema—. Tu Marlie le ha causado una gran impresión a Merle.

Phil se echó a reír.

—Es lo que ocurre normalmente con Marlie.

—No con Merle —dijo Tory, y Phil se puso serio.

—Es un chico mayor, Tory.

—Es un chico —convino ella—. Nunca había visto a nadie como a tu amiga. No permitiré que le hagan daño.

Phil suspiró.

—¿Tu trabajo de sheriff incluye aconsejar a los perdidamente enamorados? Déjalo en paz —le ordenó antes de que ella pudiera responder—. Lo tratas como si fuera un perrito tonto que no se deja adiestrar.

—No, no es cierto. Es un chico dulce que…

—Es un hombre —la corrigió Phil—. Un hombre, Tory. Aléjalo de tus faldas.

—No sé de qué estás hablando.

—Claro que sí. No puedes protegerlo como haces con Tod.

—Conozco a Merle de toda la vida —le dijo ella en voz baja—. Mantén a raya al algodón de azúcar, Kincaid.

—Siempre tan segura de ti misma, ¿no?

Ella palideció inmediatamente, de un modo alarmante. Durante un instante, Phil se quedó mirándola sin habla. Nunca había esperado ver tanto dolor en sus ojos. Instintivamente, intentó acariciarla.

—¿Tory?

—No —dijo ella, retrocediendo—. Déjame en paz.

Tory se dio la vuelta, cruzó la calle y subió a su coche. Phil iba a entrar de nuevo al hotel, pero con un juramento, se giró hacia la carretera. Tory ya estaba de camino al norte.

Mientras conducía, tenía un caos en la cabeza. Cerró los ojos con fuerza durante un instante. Dios, ella no estaba segura de sí misma. ¿Por qué le decía aquello todo el mundo? Algunas veces era tan difícil ser responsable, sentirse responsable... Tod, Merle, el alcalde, los Kramer, el señor Hollister. Su madre. Ella sólo quería paz, tener tiempo suficiente para aclarar lo que estaba sucediendo en su vida. Sus sentimientos por Phil la estaban cercando. Al parar el coche, Tory se dio cuenta de que eran aquellos sentimientos lo que le provocaba tensión. Y además, tenía problemas que debía resolver primero. Eso lo había aprendido de su padre.

Miró hacia arriba y se dio cuenta de que había conducido hasta el cementerio. Suspiró y apoyó la frente en el volante. Ya era hora de que fuera allí, de que asimilara lo que había estado intentando eludir desde aquella noche en el hospital. Salió del coche y se acercó a la tumba de su padre, pensando de repente en que debería haberle llevado unas flores. Miró la lápida. *WILLIAM H. ASHTON.* Todavía no había visto la tumba, porque no había vuelto al cementerio desde el día del funeral. En aquel momento, se le escapó un gemido de entre los labios.

—Oh, papá.

«No está bien», pensó, sacudiendo furiosamente la cabeza. «No está bien. ¿Cómo es posible que él esté ahí abajo, en la oscuridad, cuando adoraba tanto el sol?».

—Oh, no —murmuró de nuevo.

«No sé qué hacer. No sé cómo enfrentarme a esto. Te necesito». Se apretó la palma de la mano contra la frente, intentando contener las lágrimas.

Phil se detuvo detrás del coche de Tory y salió del suyo en silencio. Ella tenía un aspecto muy solitario, como si estuviera perdida, entre las tumbas. Su primer instinto fue ir hacia ella, pero se contuvo. Aquél era un momento privado para Tory. Su padre, pensó, mirando hacia la lápida ante la que estaba Tory. Phil se quedó junto a la puerta de hierro forjado del cementerio, y esperó.

Había tantas cosas de las que necesitaba hablar, que necesitaba decir... Sin embargo, ya no tenía tiempo. Él se había ido tan de repente... Era injusto. Era tan joven, y tan bueno...

—Te echo mucho de menos —susurró—. Echo de menos las charlas, y las noches tranquilas en el porche. Tú fumabas aquellos puros horribles fuera, para que el olor no llegara a las cortinas y mamá no se enfadara. Yo estaba muy orgullosa de ti. Esta placa no encaja conmigo, y no quiero cometer un error mientras la llevo, porque es tuya —dijo, y la apretó entre los dedos. Se sentía sola, impotente, vacía–. No quiero que estés muerto. Y lo odio, porque no puedo cambiarlo.

Cuando se volvió para alejarse de la tumba, su cara reflejaba desolación. Caminó lentamente, y cuando estaba a punto de salir del pequeño cementerio, vio a Phil. Se detuvo y se quedó mirándolo fijamente. Se le quedó la mente en blanco, y sólo pudo experimentar sentimientos. Él se acercó a ella.

Durante un instante, permanecieron cara a cara. Él vio cómo le temblaban los labios, como si fuera a hablar, pero Tory sólo pudo sacudir la cabeza. Sin decir una palabra, él la abrazó. La ráfaga de pena que la golpeó fue más fuerte que ninguna que hubiera experimentado antes. Primero se puso a temblar, después se aferró a él.

—Oh, Phil, no puedo soportarlo.

Escondió la cara en su hombro, y lloró por primera vez desde la muerte de su padre.

Él la abrazó en silencio, abrumado por una ternura que nunca había sentido por nadie. Los sollozos de Tory eran crudos, apasionados. Él le acarició el pelo para consolarla sin palabras. Su dolor emanaba en ondas que la hacían tambalearse, y que le hacían sufrir a Phil por lo que ella sentía. La abrazó, esperando a que pasara la agonía.

Al final, su llanto cesó, y ella siguió con la cara apoyada en su hombro, apoyándose en su fuerza cuando la propia le falló. Mareada, y curiosamente aliviada, dejó que él la condujera hasta un pequeño banco de piedra. Él siguió abrazándola cuando se sentaron, de manera protectora.

–¿Puedes hablar sobre ello? –le preguntó con suavidad.

Tory dejó escapar un suspiro largo, tembloroso. Desde donde estaban veía bien la lápida.

–Lo quería mucho –murmuró–. Mi madre dice que demasiado. Era muy bueno. Me enseñó no sólo el bien y el mal, sino también todos los matices que hay en medio –dijo, y cerró los ojos–. Siempre sabía qué era lo correcto. Era algo innato, no tenía que hacer ningún esfuerzo. La gente sabía que podía depender de él, que él haría bien las cosas. Yo dependía de él, incluso en la universidad, en Albuquerque... sabía que estaría ahí si lo necesitaba.

Él le besó la sien en un gesto de entendimiento.

–¿Cómo murió?

Ella se estremeció, y Phil la abrazó aún más.

–Tuvo un derrame cerebral. No hubo ningún aviso. Nunca había estado enfermo, que yo recuerde. Cuando llegué aquí, estaba en coma. Todo... todo falló de golpe. Se le paró el corazón. Lo conectaron a un respirador, y siguió así durante semanas. Al final, mi madre les dijo que lo desconectaran.

Phil se quedó en silencio, y miró hacia la tumba.

–Debió de ser muy duro para ella.

—No —dijo rotundamente Tory—. Ella no vaciló, no lloró. Mi madre es una mujer muy decidida —añadió con amargura—. Y tomó la decisión sola. Me lo dijo después de hacerlo.

—Tory —dijo Phil, e hizo que volviera la cara hacia él. Estaba muy pálida, muy cansada, y Phil sintió que se le encogía el corazón—. No puedo decirte si estuvo bien o mal, porque no creo que sea posible, pero sé que, a veces, llega un momento en el que todo el mundo tiene que aceptar algo que le parece imposible de aceptar.

—Si al menos supiera que se hizo por amor, y no por... conveniencia —dijo ella, y sacudió la cabeza—. Abrázame otra vez —le pidió, y él lo hizo—. Aquella última noche en el hospital fue tan fea entre mi madre y yo... Él habría odiado vernos así. Yo no pude evitarlo —dijo con un suspiro—. Sigo sin poder evitarlo.

—Tiempo —dijo él, y le besó la cabeza—. Sé que eso suena muy manido, pero tienes que dejar pasar el tiempo.

—Algunas veces, allí —murmuró ella—, siento pánico.

—¿Tú?

—Todo el mundo piensa que, como soy la hija de Will Ashton, me ocuparé de resolver todos los problemas. Pero hay tantas variables del bien y del mal.

—Haces muy bien tu trabajo.

ENTRE TÚ Y YO

—Soy una buena abogada —dijo ella.

—Y una buena sheriff —la interrumpió él. Hizo que lo mirara y le sonrió—. Eso lo dice alguien que ha estado en una de tus celdas, pero no esperes que lo diga públicamente.

Ella se rió suavemente y apretó la mejilla contra la de él.

—Phil, puedes ser un hombre muy agradable.

—¿Sorprendida?

—Quizá —murmuró ella. Con un suspiro, le dio un último abrazó, y después se apartó de él—. Tengo que ir a trabajar.

Phil le impidió que se levantara tomándola de las manos.

—Tory, ¿te das cuenta de que no te concedes ni un respiro?

—Sí —respondió ella, y lo desconcertó llevándose su mano a los labios—. Estos seis meses son para él. Es muy importante para mí.

Cuando se pusieron en pie, Phil le tomó la cara entre las manos. Le parecía que Tory estaba muy frágil, muy vulnerable, de repente. Sentía una gran necesidad de cuidarla.

—No, estoy bien. Mejor —dijo ella, y lo besó.

—Te agradezco esto. No había podido hablar con nadie.

Él la miró con una súbita intensidad.

—¿Acudirías a mí si me necesitaras?

Ella no respondió de inmediato, sabiendo que la respuesta a aquella pregunta era mucho más complicada que unas simples palabras.

—No lo sé —dijo, por fin.

Phil dejó que se fuera, y la observó mientras se alejaba.

CAPÍTULO 7

La cámara se centró en Sam y en Marlie. Phil quería
captar el contraste entre la juventud y la edad, la insa-
tisfacción y la aceptación. Era una escena clave, con
tensión y sexualidad contenida. Estaban filmando en el
bar de Hernández, donde el personaje que interpretaba
Marlie trabajaba de camarera. Phil apenas había hecho
alteraciones en la sala. La barra estaba arañada, el espejo
que había tras ella estaba roto; olía a sudor y a licor re-
seco. Él intentó transmitir aquel olor a la película.

Las ventanas estaban cubiertas con filtro de densi-
dad neutra para bloquear la luz. Los focos irradiaban
un calor insoportable, así que Phil no tuvo que pedir
maquillaje para añadir gotas de sudor al rostro de
Sam. Era la sexta toma, y cada vez había más tensión
en la escena.

Sam se confundió al recitar su parte del guión, y emitió un juramento.

–Corten –dijo Phil, intentando contenerse. Se secó la frente con el antebrazo. Con algunos actores, unas cuantas palabras de furia hacían maravillas. Con Dressler, sólo conseguiría más retrasos.

–Mira, Phil –dijo Sam, mientras se quitaba el Stetson viejo y lo dejaba en una silla–. Esto no marcha.

–Lo sé. Apaguen los focos –ordenó–. Que traigan una cerveza para el señor Dressler.

Se dirigió al hombre a quien había contratado para que atendiese todas las necesidades del actor durante el rodaje–. Siéntate un rato, Sam –le sugirió–. Vamos a descansar un poco.

Esperó hasta que Sam se hubo sentado en una mesa al final del bar, con un ventilador portátil y una cerveza fresca, y sacó otra lata para sí mismo de la nevera.

–Qué calor –comentó Marlie, apoyándose contra la barra.

Phil la miró y se dio cuenta de que tenía una línea de sudor marcada en la pechera de su blusa ajustada. Le pasó la lata de cerveza.

–Lo estás haciendo bien.

–Es un papel estupendo –dijo ella, antes de tomar un buen trago–. Llevaba mucho tiempo esperando uno así.

–En la próxima toma –le dijo Phil–, cuando digas

la parte del sudor y el polvo, quiero que le agarres de la camisa y tires de él hacia ti.

Marlie lo pensó, y después dejó la lata en la barra.

—¿Así? No hay nada —escupió, agarrando la camisa húmeda de Phil—, nada en este pueblo, salvo sudor y polvo. Incluso los sueños están cubiertos de polvo.

—Bien.

Marlie sonrió antes de tomar de nuevo la cerveza.

—Mejor será que se lo digas a Sam —le sugirió, ofreciéndole la lata . A él no le gustan las improvisaciones.

—Eh, Phil.

Phil miró hacia atrás y vio a Steve con la mano en el pomo de la puerta.

—Ese chico está ahí fuera con la sheriff. Quiere saber si pueden mirar.

Phil tomó un trago largo y asintió.

—Que se sienten al fondo de la habitación.

Sus ojos se encontraron con los de Tory cuando entró. Habían pasado dos días desde su encuentro en el cementerio. Desde entonces, no habían tenido oportunidad, o ella no había permitido que hubiera oportunidad, de tener una conversación privada. Ella lo saludó asintiendo, y después guió a Tod hacia una de las mesas del fondo.

—La representante de la ley —murmuró Marlie, y Phil la miró con curiosidad—. Es toda una mujer, ¿eh?

—Sí.

—Merle cree que es lo mejor que hay sobre la tierra después del pan en rebanadas.

Phil sacó un cigarro.

—Te estás viendo con el ayudante, ¿no? No me parece de tu estilo.

—Es un chico agradable —dijo ella, y se rió—. A su jefa le gustaría verme salir del pueblo en el primer tren.

—Es protectora.

—Al principio, pensé que tenía algo con él —dijo Marlie, y arqueó una ceja al oír la risa de Phil—. Por supuesto, eso fue antes de ver cómo la mirabas —añadió, y entonces fue ella quien se echó a reír, cuando la expresión de Phil se volvió distante—. Demonios, Phil, algunas veces eres igual que tu padre —le dijo, y después de entregarle la lata vacía, exclamó—: ¡Maquillaje!

—Eso son focos de cuatro mil vatios —le estaba diciendo Tod a Tory, señalándole las luces—. Han tenido que poner esos filtros en las ventanas para corregir la intensidad de la luz del sol. En una toma de interior, como ésta, necesitan una intensidad de luz de unos 1.800 lux.

—Te estás volviendo muy técnico, ¿no?

Tod se movió un poco en la silla, pero tenía los ojos llenos de entusiasmo cuando miró a Tory.

—El señor Kincaid les pidió que revelaran la película que grabé con la cámara del colegio. Dijo que era buena. Dijo que hay escuelas a las que puedo ir a estudiar cinematografía.

Ella miró a Phil. Él estaba hablando, en voz baja, con Steve.

—Estás pasando mucho tiempo con él —comentó.

—Bueno, cuando no está ocupado… no le importa.

—No, estoy segura de que no —le dijo ella, y le apretó la mano.

Tod le devolvió la presión atrevidamente.

—Preferiría pasar tiempo contigo —murmuró.

Tory miró sus manos unidas, deseando tener alguna idea de cómo empezar.

—Tod…

—¡Silencio en el plató!

Con un suspiro, Tory se concentró en la escena que estaban filmando. Había ido al rodaje porque Tod estaba ansioso por compartir su entusiasmo, y Tory pensaba que el hecho de que tuviera tanto interés en los aspectos técnicos de la producción era muy bueno para el chico. Durante los últimos días lo había observado mientras estaba con los miembros del equipo. Hasta el momento, nadie se había quejado de su presencia ni de sus preguntas. De hecho, se estaba convirtiendo en una especie de mascota. Sus conversaciones contenían cada vez más términos de la jerga de la industria. Parecía que asimilaba con toda facilidad aquellas palabras, y que tenía un entendimiento casi intuitivo. Sin embargo, no mostraba interés por el aspecto glamuroso del cine.

¿Y qué tenía de glamuroso? El ambiente estaba muy cargado en aquella habitación, y hacía un calor horrible. Olía a cerveza rancia, y los focos habían creado una temperatura insoportable. Las dos personas que actuaban junto a la barra estaban rodeadas de todo el equipo. ¿Cómo podían ser tan intensas la una con la otra, cuando las luces y las cámaras los tenían cercados? Y, sin embargo, Tory se quedó atrapada en el drama de la escena. El personaje de Marlie estaba atormentando a Sam, ridiculizándolo por haber vuelto a casa como un perdedor. Sin embargo, su personaje tenía una fuerza abrasiva. Era una mujer atrapada por las circunstancias, pero que luchaba por salir adelante. De algún modo, conseguía que la diferencia de edad fuera irrelevante. A medida que se desarrollaba la escena, el espectador iba a sentir respeto por ella, quizá una simpatía cautelosa. Tory se preguntó si Dressler se daba cuenta, con toda su reputación y su talento, de quién iba a ser la estrella en aquella escena.

Tuvo que admitir que Marlie era muy buena. No era la belleza mimada y caprichosa de Hollywood que ella había creído. Reconocía la fuerza cuando la veía, y Marlie le transmitía agallas y vulnerabilidad a su personaje, al mismo tiempo, de un modo admirable. Además, el sudor era suyo, continuó Tory.

–¡Corten! –dijo Phil–. Ya está.

Tory vio a Marlie exhalar un largo suspiro. Se preguntó si sería parecido terminar una escena tensa a llevar a cabo un interrogatorio difícil a un testigo. Pensó que la emoción debía de ser muy similar.

Siguieron perfeccionando otros planos durante treinta minutos más. Nadie se quejó, nadie cuestionó nada cuando le dijeron que cambiara algún detalle. Tory se dio cuenta de que sentía respeto por aquella gente, que se tomaba su trabajo con mucho orgullo.

–Corten. Muy bien –dijo Phil, y Tory casi sintió un suspiro de alivio colectivo–. Preparadlo todo para la escena cincuenta y tres en… –Phil miró su reloj–. Dos horas.

En cuanto los focos se apagaron, la temperatura bajó.

–Voy a ver lo que hace el señor Bicks –dijo Tod, y se alejó.

Tory permaneció sentada un momento, observando a Phil mientras respondía preguntas y daba instrucciones. Nunca paraba. Uno de ellos podía ser actor, el otro experto en iluminación o en fotografía, pero él tocaba todos los aspectos. Rico y privilegiado, sí, pero no temía el trabajo duro.

–Sheriff.

Tory se volvió y vio a Marlie a su lado.

–Señorita Summers. Ha estado impresionante.

–Gracias –dijo Marlie, y sin esperar invitación, tomó una silla—. Lo que necesito ahora es una ducha de tres horas.

Tomó un trago de su vaso de agua helada mientras las dos mujeres se observaban en silencio.

—Tiene un rostro increíble —dijo finalmente Marlie—. Si yo tuviera una cara así, no habría tenido que luchar por un papel con sustancia. Mi cara es como un confite de ciruela.

Tory se echó a reír.

—Señorita Summers, como sheriff, debería advertirle que robar es un crimen. Le robó la escena a Sam con facilidad.

Marlie ladeó la cabeza y la observó desde otro ángulo.

—Es usted muy aguda.

—A veces.

—Entiendo por qué Merle piensa que usted es la respuesta a los misterios del universo.

Tory la miró con frialdad.

—Merle es un joven muy ingenuo y vulnerable.

—Sí —dijo Marlie—. Me gusta —ambas mujeres se miraron, midiéndose—. Mire, deje que le pregunte una cosa, de mujer atractiva a mujer atractiva. ¿Alguna vez le ha parecido agradable estar con un hombre a quien le gustara hablar con usted, que la escuchara?

—Sí, desde luego —dijo Tory con el ceño fruncido—. Quizá sea que no puedo imaginarme qué le resulta tan interesante de lo que dice Merle.

Marlie se rió.

—Está demasiado acostumbrada a él. Yo estoy luchando por abrirme camino desde que tenía dieciocho años. Lo que más deseo es llegar a lo más alto. Y por el camino he conocido a muchos hombres. Merle es distinto.

—Si se enamora de usted, va a sufrir —le dijo Tory—. Yo he cuidado de Merle desde que éramos niños.

—Él no se va a enamorar de mí —dijo Marlie lentamente—. No de verdad. Sólo nos estamos dando el uno al otro un poco de nuestros mundos durante unas semanas. Cuando termine, los dos tendremos algo agradable que recordar —añadió, y miró hacia donde estaba Phil—. Todos necesitamos a alguien de vez en cuando, ¿no le parece, sheriff?

Tory siguió la dirección de la mirada de Marlie y, en aquel momento, Phil elevó los ojos hacia ella.

—Sí —murmuró Tory—. Supongo que sí.

—Ahora me voy a dar esa ducha —dijo Marlie, y se levantó—. Es un buen hombre —añadió. Tory supo a quién se refería.

—Sí, creo que tiene razón.

Tory se quedó pensativa, sentada durante unos momentos más. Después se puso en pie y buscó a Tod con la mirada.

—Tory —le dijo Phil mientras le ponía una mano en el brazo—. ¿Qué tal estás?

—Muy bien —respondió ella con una sonrisa, para

darle a entender que no había olvidado la última vez que habían estado juntos–. Eres más duro de lo que yo pensaba, Kincaid. Has trabajado todo el día en este horno.

Él sonrió.

—Eso, no cabe duda, es un cumplido.

—Que no se te suba a la cabeza. Estás sudando como un cerdo.

—¿De verdad? No me había dado cuenta.

Ella vio una toalla colgada del respaldo de una silla y la tomó.

—¿Sabes? –le preguntó mientras le secaba la cara–. Pensaba que los directores delegaban más que tú.

—Es mi película –respondió él simplemente–. Tory –dijo, y atrapó su mano libre–. Quiero verte… a solas.

Ella dejó la toalla sobre la mesa.

—Es tu película –le recordó–. Y yo tengo que hacer una cosa –dijo, y miró a su alrededor, en busca de Tod.

—Esta noche –insistió él. Ya no podía esperar más–. Tómate la noche libre, Tory.

Ella lo miró de nuevo. No tenía más excusas para darle.

—Si puedo –dijo–. Conozco un sitio –añadió con una sonrisa– que está a dos kilómetros al sur del pueblo. Cuando era pequeña, íbamos a bañarnos allí. No puedes perderte. Es el único lago que hay por la zona.

—¿Al atardecer? —preguntó Phil.

—No puedo prometértelo —dijo ella. Y antes de que Phil pudiera decir algo más, ella se alejó y llamó a Tod.

Incluso cuando sacaba al chico del plato, Tod seguía hablando.

—Tory, ¿a que es estupendo? ¡Es lo mejor que le ha pasado nunca al pueblo! Si pudiera, me iría con ellos cuando se fueran —dijo, y la miró desde debajo de su mata de pelo—. ¿A ti no te gustaría ir, Tory?

—¿A Hollywood? —respondió ella—. Oh, no es mi estilo. Además, yo volveré pronto a Albuquerque.

—Quiero ir contigo —dijo él de repente.

Estaban justo en la puerta de la comisaría. Tory se volvió y lo miró. Incapaz de resistirse, le puso la mano en la mejilla.

—Tod —dijo suavemente.

—Te quiero, Tory —dijo el chico rápidamente—. Podría...

—Tod, pasa.

Entraron juntos a la oficina, y ella se sentó al borde del escritorio.

—Tod —dijo Tory, y sacudió la cabeza—. Oh, ojalá fuera más lista.

—Eres la persona más lista que conozco —dijo él—. Y tan guapa... y te quiero, Tory, más que a nadie.

A ella se le encogió el corazón por él. Le tomó ambas manos y dijo:

—Yo también te quiero, Tod. Pero hay diferentes tipos de amor, diferentes formas de sentir.

—Yo sólo sé lo que yo siento por ti.

Tenía una mirada muy intensa, y sus ojos quedaban justo por encima de los de ella, que seguía sentada en el escritorio. Phil tenía razón, pensó. Tod ya no era un niño.

—Tod, sé que no va a ser fácil que entiendas esto, pero algunas veces, una persona no es adecuada para otra.

—Sólo porque soy más joven —protestó él airadamente.

—En parte, sí —convino Tory en voz baja—. Es difícil de aceptar, cuando te sientes como un hombre, que todavía eres un muchacho. Todavía tienes mucho que aprender, y que experimentar.

—Pero cuando lo haga...

—Cuando lo hagas —lo interrumpió ella—, no sentirás lo mismo por mí.

—¡Sí, claro que sí! —insistió él. Los sorprendió a los dos al tomarla por los brazos—. No cambiaré porque no quiero. Y esperaré si tengo que hacerlo. Te quiero, Tory.

—Sé que me quieres. Sé que es muy real —dijo ella, y le cubrió una mano con la suya—. La edad no tiene nada que ver con el corazón, Tod. Tú eres muy especial para mí, una parte muy importante de mi vida.

—Pero no me quieres —dijo él, con la voz temblorosa de ira y frustración.

–No del modo que tú quieres decir –respondió Tory, y mantuvo la mano firme sobre la de él, cuando él quiso apartarse.

–Te parece divertido.

–No –respondió ella–. No, me parece maravilloso. Ojalá las cosas pudieran ser distintas, porque sé el tipo de hombre que vas a ser. Es doloroso, y para mí también.

Él tenía la respiración acelerada, y estaba luchando contra una aguda sensación de traición, y contra las lágrimas.

–No lo entiendes –la acusó, y se alejó de ella–. No te importa.

–Claro que me importa. Tod, por favor...

–No –dijo él, y la interrumpió con una mirada de dolor–. No te importa.

Con una dignidad que a Tory le rompió el corazón, salió de la comisaría.

Ella se apoyó contra el escritorio, abrumada por el sentimiento de derrota.

El sol se estaba poniendo cuando Tory se sentó en la hierba corta y áspera que había a la orilla del agua. Dobló las rodillas hasta el pecho y observó el globo encendido que se hundía en el horizonte. El color era muy intenso contra el azul oscuro del cielo. No había nada de suave ni de apacible. Era un preludio vívido y duro de la noche.

Tory observó el cielo con emociones contradictorias. Le habría gustado poder olvidar todo aquel día. La situación con Tod la había dejado cansada y nerviosa. Como resultado, había contestado a dos llamadas de trabajo con menos diplomacia de la que tenía por costumbre. Además, le había gruñido a Merle antes de salir de la comisaría. Miró la placa que llevaba en el pecho y pensó en si debía tirarla al agua.

«Vaya forma de liar las cosas, sheriff», se dijo. «Ah, al demonio». Iba a tomarse la noche libre. Al día siguiente lo arreglaría todo, cada desastre a su tiempo.

El problema era, pensó con una media sonrisa, que había olvidado el arte de la relajación durante aquellas últimas semanas. Era hora de reencontrarse con la pereza. Se tumbó en el suelo, cerró los ojos y se quedó dormida al instante.

Se despertó lentamente al sentir el suave roce de unos dedos en la mejilla. Tory suspiró y se preguntó si debía abrir los ojos. Hubo otra caricia, en aquella ocasión, en los labios. Mientras disfrutaba de la sensación, emitió un sonido de placer y abrió los ojos.

La luz era tenue, la luz del anochecer. Poco a poco, enfocó los ojos hacia el cielo que había sobre ella. Ni nubes, ni estrellas. Sólo una inmensa expansión de azul. Respiró profundamente y estiró los brazos.

Alguien capturó y besó su mano. Tory volvió la cabeza y vio a Phil sentado a su lado.

—Hola.

—Verte despertar es suficiente para que un hombre se vuelva loco —murmuró él—. Eres más sexy durmiendo que la mayoría de las mujeres completamente despiertas.

Ella se rió.

—Dormir siempre se me ha dado muy bien. ¿Llevas mucho tiempo ahí?

—No mucho. El rodaje se extendió un poco. ¿Qué tal tu día de hoy?

—Mal —respondió Tory. Exhaló y se incorporó para sentarse—. He hablado con Tod esta tarde. No manejé bien la situación. Demonios… no quería hacerle daño.

—Tory —dijo Phil, y le acarició el pelo—. No había manera de que no sufriera un poco. Los chicos son resistentes. Se recuperará.

—Lo sé —Tory se volvió a mirarlo, con la barbilla apoyada en las rodillas—. Pero es muy frágil. El amor es frágil, ¿verdad? Es muy fácil hacerlo añicos. Supongo que lo mejor es que me odie durante un tiempo.

—No te va a odiar. Eres muy importante para él. Después de ese tiempo, tendrá una nueva perspectiva de sus sentimientos. Me imagino que siempre pensará en ti como en su primer amor.

—Eso hace que me sienta muy especial, pero no

creo que haya conseguido explicárselo. De todos modos, después de haber metido la pata en eso, le gruñí al padre de un chico, le ladré a un ranchero y le di unos cuantos zarpazos a Merle —dijo, y emitió uno de aquellos juramentos que él había admirado antes—. Y aquí sentada, me di cuenta de que estaba en peligro de compadecerme a mí misma, así que me eché a dormir.

—Sabia decisión. Yo he estado a punto de ahogar al supervisor.

—¿A qué supervisor? Ah, el representante de la aseguradora... —Tory se echó a reír y echó hacia atrás su pelo—. Así que los dos hemos tenido un día precioso.

—Vamos a brindar para celebrarlo —dijo Phil, y tomó una botella de champán que tenía a su lado.

—Vaya, vaya —murmuró Tory, observando la etiqueta del champán—. Siempre de primera clase, Kincaid.

—Por supuesto.

Phil abrió la botella con un estallido de burbujas. Sirvió una copa, y Tory la tomó, observando cómo explotaban las burbujas mientras Phil llenaba otra copa para sí.

—Por el final del día.

—¡Por el final del día! —exclamó ella, haciendo chocar las copas suavemente. El champán helado le recorrió la lengua—. Delicioso —murmuró, cerrando los ojos y saboreándolo—. Delicioso.

Bebieron en un agradable silencio, mientras oscurecía. En el cielo comenzaron a brillar las estrellas, y la luna empezó su lenta ascensión. La noche era calurosa y seca, y muy tranquila. Ni siquiera soplaba una suave brisa que ondulara la superficie del agua. Phil se apoyó en el suelo, sobre el codo, y observó el perfil de Tory.

—¿En qué estás pensando?

—En que me alegro de haberme tomado la noche libre —dijo ella, sonriendo, y se volvió a mirarlo. La luz pálida de la luna cayó sobre sus rasgos y los acentuó.

—Por Dios, Tory —susurró él—. Tengo que filmar esa cara.

Ella echó hacia atrás la cabeza y se rió con una libertad que no había sentido en días.

—Pues haz un vídeo casero, Kincaid.

—¿Me dejarías? —le preguntó él inmediatamente.

Ella rellenó ambas copas.

—Estás obsesionado —le dijo.

—Más de lo que me resulta confortable, sí —murmuró él. Dio un sorbo al champán y disfrutó de su sabor, pero sin dejar de pensar en ella—. No estaba seguro de que vinieras.

—Yo tampoco —respondió Tory, observando la copa con aparente concentración—. Otro vaso más de esto y puede que admita que me gusta estar contigo.

—Todavía nos queda media botella.

Tory se encogió de hombros y bebió un poco.

—Cada cosa a su tiempo —dijo—. Aunque creo que hemos avanzado bastante, ¿no?

—Un poco —respondió Phil, y le acarició el dorso de la mano con los dedos—. ¿Te preocupa?

Ella se rió.

—Más de lo que me resulta confortable, sí.

Él se sentó y le pasó el brazo por los hombros.

—Me gusta más la noche que el día. Me da la oportunidad de pensar —murmuró. Notó que Tory estaba completamente relajada, y sintió una agradable punzada cuando ella apoyó la cabeza en su hombro—. Durante el día, con toda la presión, las exigencias, cuando pienso, pienso en mis pies.

—Eso es gracioso —respondió ella, y alzó la mano para entrelazar sus dedos con los de él—. En Albuquerque, hice mis mejores planificaciones en la cama, la noche anterior a una vista. Es más fácil dejar que las cosas vengan y vayan en la cabeza por las noches —Tory ladeó la cabeza y le dio un suave beso en los labios—. Me gusta estar contigo.

Él le devolvió el beso con igual suavidad.

—¿No he necesitado el champán?

—Bueno, ha ayudado.

Él se rió, y ella se apoyó de nuevo en su hombro. Se sentía bien allí.

—Siempre me ha encantado este sitio. El agua es algo muy valioso en esta zona, y esto siempre ha sido como un pequeño milagro. No es muy grande, pero en algunas zonas es profundo. A la gente del pueblo le gusta llamarlo lago —dijo—. De niños veníamos aquí algunas veces, cuando hacía mucho calor. Nos desnudábamos y nos tirábamos al agua. Por supuesto, a nuestros padres no les gustaba que siguiéramos viniendo cuando éramos adolescentes, pero de todos modos lo conseguíamos.

—Nuestra decadente juventud.

—Diversión buena y limpia, Kincaid.

—Oh, ¿de veras? ¿Y por qué no me lo enseñas?

Tory se volvió hacia él con una media sonrisa. Él se limitó a arquear una ceja a modo de desafío, y ella sonrió. Sintió un latido de excitación por dentro.

—Te echo una carrera —le dijo, empujándolo, y se puso en pie—. A ver quién entra primero en el agua.

Mientras él se quitaba la camisa, pensó que nunca la había visto moverse rápidamente antes. Todavía se estaba quitando los zapatos cuando ella ya estaba desnuda y corría hacia el agua. La luz de la luna bailaba sobre su piel, sobre el pelo que le caía por la espalda, y él se detuvo a mirarla. Era más exquisita de lo que había imaginado. Entonces, Tory estaba metida en el agua hasta la cintura, y cuando se sumergió por completo, él salió del trance y se apresuró a desvestirse y a seguirla.

El agua estaba agradablemente fría. Le causó una sana impresión contra la piel caliente, y después se la acarició. Phil dejó escapar un gemido de puro placer cuando se hundió hasta los hombros. Aquel pequeño lago en mitad de ninguna parte le causó tanto alivio como su piscina. Más, pensó, mirando a su alrededor en busca de Tory. Ella salió a la superficie, con la cara elevada y el pelo echado hacia atrás. Los rayos de la luna arrancaron los destellos del agua sobre su rostro. Era una náyade, pensó él. Ella abrió los ojos. Su color verde resplandecía, como el de un gato.

—Eres lento, Kincaid.

Él tuvo que reprimir una oleada de deseo casi dolorosa. No era el momento de apresurar las cosas. Los dos sabían que había llegado el instante preciso, y quedaban horas que llenar.

—Nunca te había visto moverte tan rápidamente —comentó mientras movía los brazos por la superficie.

—Lo ahorro —dijo ella, que notaba el fondo justo debajo de las puntas de los dedos de los pies. Dio una patada, perezosamente, para mantenerse a flote—. Conservar energía es una de mis campañas personales.

—Eso significa que no quieres echarme una carrera.

—Estás de broma.

—Supongo que no sería muy difícil ganarte —dijo él—. Flacucha —añadió.

—No es cierto —dijo Tory, y le lanzó agua a la cara.

—Si pasaras un par de meses en un buen gimnasio, quizá pudieras fortalecerte un poco —añadió él sonriendo, mientras se quitaba el agua de los ojos.

—Estoy perfectamente —replicó ella—. ¿Es psicología amateur, Kincaid?

—¿Ha funcionado?

En respuesta, ella se dio la vuelta y chapoteó con los pies, mandándole una cortina de agua al rostro mientras se dirigía a la otra orilla del lago. Phil sonrió, observando que Tory podía moverse como un rayo cuando quería. Después salió tras ella.

Tory lo ganó por dos brazadas, y después esperó, riéndose, mientras se echaba el pelo hacia atrás.

—Será mejor que sigas apuntado a ese gimnasio, Kincaid.

—Has hecho trampa —dijo él.

—He ganado. Eso es lo que cuenta.

Phil arqueó una ceja, divertido e intrigado al mismo tiempo por el hecho de que a ella ni siquiera le faltara un poco el aliento. Parecía que aquella afirmación sobre su energía era cierta.

—Y eso lo dice una representante de la ley.

—No llevo la placa.

—Ya me he dado cuenta.

Tory se rió de nuevo, y se dirigió, de una sola brazada, hacia el centro del pequeño lago.

—Supongo que tú estás en buena forma… para ser un director de Hollywood.

—¿De verdad? —él nadó a su lado, imitando sus movimientos lánguidos.

—No tienes barriga… todavía —añadió, sonriendo.

Con firmeza, él le hizo una aguadilla–. Así que quieres jugar sucio –murmuró ella al salir.

Con un movimiento rápido, le agarró las piernas con las suyas y le dio un fuerte empujón en el pecho. Phil, tomado por sorpresa, cayó hacia atrás y se sumergió. Después salió, sacudiendo la cabeza para apartarse el pelo mojado de los ojos. Tory ya estaba a varios metros de distancia, riéndose.

–Defensa personal básica 101 –le dijo ella–. Aunque tienes que ser indulgente conmigo, teniendo en cuenta la flotabilidad en el agua.

En aquella ocasión, Phil se esforzó más en las brazadas. Antes de que Tory hubiera podido llegar a la otra orilla, la agarró por el tobillo, y de un tirón fuerte, la sumergió en el agua y la acercó hacia él. Al emerger, ella se encontró entre sus brazos.

–¿Quieres volver a intentarlo? –le preguntó él.

Tory, que era una mujer precavida, evaluó a su oponente y calculó sus opciones de triunfo.

–Creo que no. El agua no es mi elemento.

Sus brazos estaban atrapados entre los cuerpos de los dos, pero cuando ella intentó liberarse, él se la acercó más aún. La sonrisa de Phil se desvaneció, y su mirada se volvió intensa. A ella comenzó a latirle el corazón con fuerza, con lentitud.

Él la besó con infinito cuidado, saboreando aquel momento. Los labios de Tory estaban fríos y mojados. Sin titubeos, su lengua buscó la de él. El beso se hizo cada vez más profundo, más íntimo, mientras él la sujetaba y la mantenía unos centímetros por encima del fondo arenoso. La sensación de ingravidez la excitó y se permitió flotar, sujetándose a él como si fuera un ancla. Sus labios se calentaron antes de que los dos comenzaran a buscar nuevos sabores.

Sin prisa, recorrieron la cara del otro, depositando besos húmedos sobre la piel húmeda. El agua chapoteaba suavemente a su alrededor mientras ellos se movían y buscaban.

Por fin libre, Tory se abrazó a su cuello y apretó su cuerpo contra el de él. Oyó que Phil inhalaba, bruscamente, al sentir su contacto, notó que se estremecía antes de besarla de nuevo. Había pasado el momento de las caricias lentas. La pasión, que llevaba tanto tiempo reprimida, explotó, y las bocas ansiosas se buscaron. Sujetándola con firmeza por la cintura, él comenzó a explorar su cuerpo tal y como había deseado. Deslizó los dedos por su piel mojada.

Tory se movió contra él, debilitándolos tanto que se hundieron juntos. Al segundo, emergieron con los labios todavía unidos, y después tomaron aire a bocanadas. Ella lo acarició y lo abrazó, para buscar más de su piel. Incapaz de soportar el hambre, metió los dedos entre su pelo y volvió a besarlo. Con una súbita violencia, él la inclinó hacia atrás hasta que su pelo se extendió por la superficie del agua. Le acarició la cara con la boca, rehusando los esfuerzos de Tory de detenerlo con la suya, mientras encontraba su pecho con la mano.

El gemido gutural de Tory le provocó una nueva ráfaga de pasión. Phil la elevó, de modo que pudiera atrapar su pezón húmedo con la boca. Con la lengua, la atormentó hasta que ella dejó caer las manos al agua con una sumisión que él no había esperado. Embriagado de poder, pasó los labios por su piel temblorosa, hasta el punto donde el agua los separaba. Frustrado por aquella barrera, él volvió a subir la boca hasta el pecho de Tory, que tuvo que agarrarse a sus hombros, temblando.

Ella dejó caer la cabeza hacia atrás mientras él la deslizaba hacia abajo por su cuerpo para besarle el cuello vulnerable, de un modo ávido, y al oír su gemido, sintió euforia.

El agua estaba fría, pero ella era tan ardiente que él estuvo a punto de flaquear bajo su contacto. Tory estaba más allá de todas las sensaciones oscuras y vívidas. Ella calentaba el agua con su cuerpo. Su respiración resonaba en la noche vacía. Le habría gritado que la tomara, pero el nombre de Phil sólo fue un susurro entre sus labios. No podía soportarlo; la necesidad era intolerable. Con una fuerza nacida de la pasión, le rodeó la cintura con las piernas y se plegó hacia él.

Se balancearon durante un momento, con igual asombro. Entonces, él la agarró por las piernas, dejándola que lo llevara a un viaje salvaje, imposible. Ella oyó algo, como el sonido del viento dentro de su mente. Temblando, volvieron a sumergirse en el agua.

Con algún vago recuerdo de dónde estaban, Phil abrazó de nuevo a Tory.

—Será mejor que salgamos de aquí —consiguió decirle—. Nos vamos a ahogar.

Tory apoyó la cabeza en su hombro.

—No me importa.

Phil se rió suavemente, temblorosamente, la tomó en brazos y la sacó del lago.

La tendió en el suelo y se tumbó junto a ella, sobre la hierba. Durante un tiempo, lo único que oyeron en la noche fueron sus respiraciones entrecortadas. Las estrellas brillaban con fuerza, y la luna estaba casi llena. Ambos miraron hacia arriba.

—Estabas diciendo algo —dijo Phil, suavemente—, sobre que el agua no era tu elemento.

La carcajada de Tory se transformó en un borboteo, y después en un estallido de alegría.

—Supongo que puedo estar equivocada.

Phil cerró los ojos para disfrutar mejor de la pesada debilidad que se había adueñado de su organismo.

Tory suspiró y se estiró.

—Ha sido maravilloso.

Él la acercó más a su lado.

–¿Frío?

–No.

–Esta hierba…

–Es terrible, ¿verdad?

Con otra risa, Tory se movió y se colocó sobre el pecho de Phil. Su piel mojada se resbaló sobre la de él. Perezosamente, él le acarició toda la espalda mientras ella le sonreía. Tenía el pelo lacio y brillante, echado hacia atrás, y la piel pálida y exquisita como el mármol a la luz de la luna. En las puntas de las pestañas tenía unas cuantas gotas de agua.

–Eres muy guapa cuando estás mojada –le dijo él, y la besó profunda, lentamente.

–Y tú también –respondió Tory.

Cuando él sonrió, ella le pasó los pulgares desde la mandíbula a los pómulos.

–Me gusta tu cara –dijo, observándolo–. Esa estructura ósea aristocrática que has heredado de tu padre. No es de extrañar que fuera tan efectivo en sus papeles de héroe de capa y espada al principio de su carrera –le explicó. Después, con los ojos entrecerrados, buscó otra perspectiva de su rostro–. Claro que –continuó pensativamente–, me gusta más cuando adoptas esa expresión distante.

–¿Distante? –preguntó él, y se movió un poco al notar los pinchazos de la hierba en la piel.

–Lo haces muy bien. Tus ojos tienen una forma estupenda de decir «Disculpa» y de querer decir «Vete al diablo». Lo he notado, sobre todo cuando hablas con ese hombre bajito de gafas.

—Tremaine —murmuró Phil—. Productor asociado y generalmente insoportable.

Tory se rió y le besó la barbilla.

—No te gusta que nadie más le ponga las manos encima a tu película, ¿verdad?

—Soy muy egoísta con lo que me pertenece —dijo él, y volvió a besarla, con más fervor del que había pretendido.

Mientras el beso se prolongaba y se hacía más profundo, él emitió un gemido de placer y la pegó a su cuerpo. Cuando sus labios se separaron, sus ojos se encontraron. Los dos sabían que se estaban adentrando en un terreno peligroso. Y los dos avanzaban con cautela. Tory bajó la cabeza hacia su pecho, intentando pensar con lógica.

—Supongo que los dos sabíamos que esto iba a ocurrir más tarde o más temprano.

—Sí.

Ella se mordió el labio.

—Lo importante es no dejar que se complique.

—No —respondió él, y miró las estrellas—. Los dos queremos evitar las complicaciones.

—Dentro de pocas semanas, yo me iré del pueblo —ninguno de los dos se dio cuenta de que se aferraban más el uno al otro—. Tengo que retomar mis casos.

—Y yo tengo que terminar las escenas de estudio —murmuró él.

—Está muy bien que nos entendamos desde el principio —dijo Tory, y cerró los ojos, inhalando su olor como si temiera olvidarse de él—. Así podemos estar juntos sabiendo que ninguno sufrirá cuando termine.

—Sí.

Siguieron tumbados en silencio, enfrentándose a una sensación de depresión y pérdida. «Somos adultos», pensó Tory, luchando contra a aquel sentimiento. «Nos atraemos el uno al otro. No es nada más que eso. No puede ser nada más». Sin embargo, no estaba tan segura como quisiera.

—Bueno —dijo alegremente, elevando de nuevo la cabeza—. Cuéntame qué tal va el rodaje. La escena de hoy me ha parecido perfecta.

Phil se obligó a animarse para estar a la altura del buen humor de Tory, haciendo caso omiso de las dudas que se le estaban formando en la cabeza.

—Llegaste en la última toma —dijo irónicamente—. Ha sido como sacar una muela.

Tory se estiró para tomar la botella de champán.

—Me pareció que Marlie Summers salía victoriosa —comentó mientras servía las copas.

—Es muy buena.

Tory apoyó el brazo en el pecho de Phil y bebió. El vino todavía estaba frío.

—Sí, a mí también me lo parece, pero me gustaría que se apartara de Merle.

—¿Estás preocupada por su virtud, Tory? —le preguntó él.

Ella le lanzó una mirada molesta.

—Va a sufrir.

—¿Por qué? ¿Porque una mujer bella esté interesada en él y quiera pasar tiempo a su lado? Vamos, Tory. Tú tienes tu punto de vista sobre él. Es posible que otra persona tenga otro diferente.

Ella frunció el ceño y volvió a beber.

—¿Y cómo se va a sentir cuando ella se marche?

—Es algo con lo que tendrá que enfrentarse —le dijo Phil en voz baja—. Él ya sabe que Marlie se va a marchar.

De nuevo, se miraron reconociéndose a sí mismos en la conversación. Tory apartó los ojos para estudiar el vino que le quedaba en la copa. Era diferente con ellos, se dijo. Phil y ella tenían prioridades, y cuando se separaran, sería sin dolor ni arrepentimiento. Tenía que ser así.

—Puede que no sea tan fácil aceptarlo —murmuró, queriendo creer que todavía hablaba por Merle.

—Por ninguno de los dos lados —dijo él después de una larga pausa.

Tory volvió la cabeza y vio sus ojos, claros y muy intensos. Estaban entrando de nuevo en terreno peligroso.

—Supongo que es lo mejor para todo el mundo —murmuró, y decidida a mejorar el ambiente, sonrió—. ¿Sabes? Todo el pueblo está eufórico por esas escenas que vas a rodar con ellos de extras. Los gemelos Kramer no se han pasado de la raya en toda la semana.

—Uno de ellos me pidió que le hiciera un primer plano.

—¿Cuál?

—¿Y cómo voy a saberlo? El mismo que intentó conseguir una cita con Marlie.

Tory se echó a reír.

—Tiene que ser Zac. Es imposible. ¿Vas a hacerle el primer plano?

—Voy a darle una patada en el trasero si vuelve a acercarse a la grúa —respondió Phil.

—No me había enterado de eso.

Phil se encogió de hombros.

—No me pareció necesario entregarlo a la justicia.

—Por muy tentador que pudiera ser. Yo no lo habría metido en la cárcel. Manejar a los Kramer se ha convertido en un arte.

—Le dije a uno de los guardias de seguridad que le metiera miedo —le dijo Phil—. Y parece que funcionó.

—Escucha, Phil, si mi gente necesita mano dura, espero que me informes.

Con un suspiro, él le quitó la copa de la mano, la tiró a un lado y rodó para tenderse sobre ella.

—Es tu noche libre, sheriff. No vamos a hablar de ello.

—¿De verdad? —preguntó Tory, y le rodeó el cuello con los brazos—. ¿Y de qué vamos a hablar, entonces?

—De nada, demonios —murmuró él, y la besó.

Su respuesta fue un sonido ahogado de aquiescencia. Él percibió el sabor a champán de su boca, y se recreó en él. El calor de la noche les había secado la piel, pero Phil le acarició el pelo mojado y frío a Tory. Aquella vez, pensó, no habría desesperación. Disfrutaría lentamente de ella, de las largas y esbeltas líneas de su cuerpo, de la textura sedosa de su piel, de sus sabores variados y embriagadores.

Desde sus labios con sabor a vino, Phil emprendió un viaje calmado hacia el sabor más cálido de su garganta, mientras sus manos vagaban sin descanso. Tory se movió bajo él con una urgencia incontrolable cuando él encontró su pezón con el pulgar e intensificó su placer. Para su asombro, Phil se dio cuenta de que podría haberla tomado inmediatamente. Reprimió aquella necesidad. Todavía tenía mucho que aprender de ella, mucho que experimentar. Deslizó la punta de la lengua por su piel, y siguió hacia su pecho.

Tory se arqueó. Los besos lentos y juguetones de Phil hicieron que gimiera de frustración y gozo. Él siguió besándole el pecho y enviándole ráfagas de placer, y ella gimió su nombre, pidiéndole que siguiera. Él dibujó un círculo lento con la boca en un pecho, y la palma de la mano sobre el otro, entusiasmado al oír sus murmullos incoherentes y al sentir sus movimientos bajo el cuerpo. Con un exquisito cuidado, atrapó su pezón entre los dientes. Lo dejó húmedo y lleno de deseo, y viajó hacia su otro pecho para sabotear, para recrearse, para devorar.

Él había movido las manos hacia abajo, así que Tory notaba el deseo latiendo en demasiados puntos. Ansiosa por descubrir todo lo que pudiera sobre su cuerpo, le acarició con las yemas de los dedos los músculos tensos de la espalda. A través de una neblina de sensaciones, sintió que él se estremecía con sus caricias. Con una lentitud deliciosa, ella pasó también los dedos por sus costillas. Lo oyó gruñir antes de mordisquearle con los dientes la carne tierna. Abierta y hambrienta, la boca de Phil volvió directamente hacia la de ella.

Cuando Tory lo acarició y él sintió el contacto, inhaló bruscamente. Phil escondió la cara en su cuello y pensó que iba a ahogarse en el placer. La necesidad era cada vez más apremiante, pero de nuevo, él se lo negó.

—Todavía no —murmuró, para sí mismo y para ella—. Todavía no.

Pasó hacia abajo por el valle de entre sus pechos, deleitándose con la esencia caliente que envolvía la piel de Tory. Ella ya no sentía la hierba áspera bajo el cuerpo, sólo sentía la boca de Phil y las caricias de sus manos. Él siguió bajando y ella gimió, se arqueó. La lengua de Phil era rápida y avariciosa, y le proporcionó un placer que la recorrió desde el centro de su cuerpo hasta los dedos. Sentía el cuerpo pesado de gozo y la cabeza ligera. Él casi la llevó hasta una cima tembloroso, pero no le permitió recuperarse. La buscó con los dedos mientras su boca ascendía por su muslo.

Ella sacudió la cabeza, sin poder creer que estuviera tan indefensa. Se agarraba a la hierba mientras respondía con los labios al ritmo vertiginoso que él estaba imponiendo. Tenía la piel húmeda de nuevo, y estaba estremeciéndose pese al aire caliente de la noche. Una y otra vez, él la llevó más y más arriba, pero nunca le permitió calmarse, nunca le concedió la liberación completa.

–Phil… –gimió Tory entre jadeos ásperos–. Necesito…

–¿Qué? –preguntó él, mientras emprendía el viaje de ascenso con los labios en su piel–. ¿Qué necesitas?

–A ti –susurró Tory–. A ti.

Con un gruñido de triunfo, él se hundió en ella, y los catapultó a los dos a aquello que estaban empeñados en negar.

Ella le había advertido sobre el calor. Y sin embargo, Phil se vio maldiciendo aquel sol implacable mientras preparaba otra toma en el exterior. El operador de cámara estaba protegiéndose bajo una enorme sombrilla, pero no dejaba de sudar, y los actores, al menos, podían pasar unos minutos a la sombra mientras Phil trabajaba bajo los rayos del sol, comprobando los ángulos, la iluminación, las sombras. Aquel día duro y cegador era precisamente lo que quería, pero eso no hacía que el trabajo fuera más agradable.

Ordenó que comenzara el rodaje de la toma siguiente. Curiosamente, parecía que Dressler se había adaptado al calor con más facilidad que los miembros más jóvenes del equipo y del reparto. O quizá estuviera decidido a no dejarse ganar. A medida que pasaban los días se volvía más competitivo, y cuanto más competitivo se volvía, sobre todo con Marlie, más podía sacarle Phil.

Sí, pensó mientras Dressler se volvía hacia el actor más joven con hastío. Recitó su parte del guión lentamente, casi arrastrando las palabras. Era un hombre que estaba dando consejos con reticencia, sin confiar en que fueran a escucharlos. Hablaba casi consigo mismo. Durante unos momentos, olvidó su propia incomodidad y se rindió a la admiración por un profesional que había encontrado la esencia de su personaje. Se estaba haciendo viejo y no le importaba, sólo quería que lo dejaran tranquilo, aunque no tenía ninguna esperanza de poder conseguirlo. Una vez vivió su momento de gloria, pero lo perdió. Se veía a sí mismo en el joven, y sentía una lástima amarga. Al final, se dio la vuelta y se alejó lentamente. La cámara permaneció centrada en él durante treinta silenciosos segundos.

—Corten. Perfecto —dijo Phil, en una rara demostración de aprobación—. Es hora de comer —dijo, y puso una mano sobre el hombro del actor joven—. Aléjate del sol durante un rato. Te necesitaré para las tomas siguientes.

Después se acercó a Sam.

—Has hecho un trabajo estupendo.

Sam sonrió y se enjugó el sudor de la frente.

—Alguien tiene que enseñarles a esos chicos cómo se hacen las cosas. Esa escena de amor con Marlie va a ser interesante —añadió con algo de consternación—. No dejo de acordarme de que tiene la edad de mi hija.

—Eso te mantendrá en tu personaje.

Sam se rió.

—Bueno, la chica es una profesional —dijo—. Esta película va a colocarla entre las mejores. Y tú y yo vamos a ganar un Oscar cada uno.

Phil arqueó las cejas, y Sam le dio una palmada en la espalda.

—Yo deseo ese premio tanto como tú. Y ahora —añadió, pasándose la mano por el estómago—, voy a descansar un rato con una cerveza fría.

Se alejó, y Phil se lo quedó mirando, admitiendo

que sí deseaba el reconocimiento que supondría un Oscar.

—Eh, Phil —dijo Bicks, que se había acercado a él secándose la cara con un pañuelo—. Mira, tienes que hacer algo con esa mujer.

Phil sacó un cigarro.

—¿Con cuál?

—Con la sheriff. Es un bombón. Tiene una manera de moverse que puede volver loco a un hombre... —se quedó callado al ver la mirada de Phil—. Era sólo un comentario.

—¿Qué quieres que haga acerca de la manera de andar de la sheriff Ashton, Bicks?

—Nada, por favor. Es agradable ver algo bonito por aquí. Pero demonios, Phil, me ha puesto una multa de doscientos cincuenta dólares por tirar basura a la calle.

—¿Por tirar basura a la calle? —repitió Phil con incredulidad.

—Doscientos cincuenta pavos por tirar un papel de chicle en la calle —explicó Bicks—. Y no ha querido entrar en razón. Yo lo habría recogido y me habría disculpado, pero ella me multó con doscientos cincuenta dólares por un papel de chicle, Phil.

—Está bien, está bien, hablaré con ella —dijo. Después de mirar la hora, empezó a cruzar la calle—. Prepáralo todo para empezar con la siguiente escena en veinte minutos.

Tory estaba sentada en el escritorio, intentando descifrar el informe de Merle sobre una enemistad entre dos ranchos vecinos. Cuando Phil entró en la comisaría, ella alzó la vista del cuaderno y sonrió.

—Estás acalorado —comentó.

—Muy acalorado —dijo él, y miró el ventilador quejumbroso que había sobre sus cabezas—. ¿Por qué no mandas arreglar esa cosa?

—¿Y estropear el ambiente?

Phil pasó por encima del perro dormido y se sentó en la esquina del escritorio.

—Vamos a rodar una escena con gente del pueblo. ¿Vas a ir a verlo?

—Claro.

—¿Quieres aparecer?

—No, gracias.

Phil se inclinó hacia ella y la besó.

—¿Cenamos esta noche en mi habitación?

Tory sonrió.

—¿Todavía tienes todas esas velas?

—Todas las que quieras.

—Me has convencido —murmuró Tory, y echó la cabeza hacia atrás para recibir un segundo beso.

—Tory, si llevo una cámara a tu rancho un día, ¿me dejarías que te filmara montando a tu caballo?

—Phil, por Dios...

—¿Una película casera?

Ella suspiró.

—Si es importante para ti...

—Lo es —dijo Phil. Se puso en pie, miró el reloj y dijo—: Escucha, Tory, Bicks me ha dicho que lo has multado por tirar basura a la calle.

—Exacto.

—¿Una multa de doscientos cincuenta dólares?

—Sí, ésa es la cantidad de la multa.

—Tory, sé razonable.

Ella arqueó una ceja.

—¿Razonable, Kincaid?

—Es exagerado por tirar el papel de un chicle.

—No variamos la cantidad de la multa de acuerdo a la clase de basura —replicó ella, encogiéndose de hombros—. Una lata de caviar le habría costado lo mismo.

Phil se irritó.

—Escucha...

—Y ya que has mencionado el tema, dile a tu gente que si no empieza a comportarse con más cuidado, van a encontrarse con muchas multas —le dijo Tory con una sonrisa—. Mantengamos limpio Friendly, Kincaid.

Él le dio una calada lenta a su cigarro.

—No vas a fastidiar a mi gente.

—Tú no vas a ensuciar mi pueblo.

Él soltó un juramento, e iba a rodear el escritorio cuando la puerta se abrió. Tory se sintió contenta de ver a Tod, y bajó las piernas al suelo para ponerse en pie. Entonces vio que el chico tenía un feo moretón en un lado de la cara. Sintió una furia rápida y fría, y tuvo que apretar los puños para controlarse. Lentamente, se acercó a Tod y le tomó la cara entre las manos.

—¿Cómo te has hecho esto?

Él se encogió de hombros y evitó su mirada.

—No es nada.

—¿Ha sido tu padre?

Tod sacudió la cabeza con vehemencia.

—He venido a barrer —le dijo, e intentó esquivarla.

Tory lo agarró firmemente por los hombros.

—Tod, mírame.

Él obedeció de mala gana.

—Todavía tengo que devolver cinco dólares —dijo.

—¿Te ha hecho tu padre ese moretón? Contéstame.

—Estaba enfadado porque… —Tod se interrumpió al ver la rabia reflejada en el rostro de Tory. Instintivamente, se encogió. Tory lo apartó y se dirigió hacia la puerta.

—¿Adónde vas? —preguntó Phil, que se había movido rápidamente y estaba a su lado en la puerta.

—A ver a Swanson.

—¡No!

Los dos se volvieron hacia Tod, que estaba muy rígido en el centro de la habitación.

—No, no puedes. No le va a gustar. Se enfadará mucho contigo.

—Voy a hablar con tu padre, Tod —le dijo Tory cuidadosamente—. Quiero explicarle que no puede hacerte daño de esa manera.

—Sólo cuando pierde los estribos —dijo Tod, y atravesó la habitación para tomarla de la mano—. No es un hombre malo. No quiero que lo metas en la cárcel.

Aunque Tory sentía una furia letal, le apretó la mano a Tod para calmarlo.

—Sólo voy a hablar con él, Tod.

—Se enfadará mucho, Tory. No quiero que te haga daño a ti también.

—No me va a hacer daño, no te preocupes —sonrió al ver en la expresión de Tod que ya había sido perdonada—. Ve por la escoba, vamos. Yo volveré pronto.

—Tory, por favor.

—Vamos —le dijo con firmeza.

Phil esperó a que el chico se hubiera ido a la habitación trasera.

—No vas a ir.

Tory lo miró fijamente y después abrió la puerta. Phil hizo que se diera la vuelta mientras ella salía.

—He dicho que no vas a ir.

—Estás interfiriendo con la ley, Kincaid.

—¡Al cuerno con eso! Estás loca si te crees que voy a dejar que vayas.

—Tú no tienes poder para dejarme o no dejarme hacer algo. Yo he jurado que protegería a la gente de mi jurisdicción. Tod Swanson es de mi gente.

—Un hombre que pega un puñetazo a un niño no va a dudar en darte otro a ti sólo porque lleves esa placa.

—¿Y qué sugieres que haga? ¿Que ignore lo que acabo de ver?

Al recordar la cara delgada de Tod, Phil sintió frustración.

—Yo iré.

—Tú no tienes derecho. No eres la ley, y además eres un forastero.

—Envía a Merle.

—¿Es que no te parece bien que haya mujeres sheriff, Kincaid?

—Maldita sea, Tory, esto no es una broma.

—No, no lo es. Es mi trabajo. Y ahora, suéltame, Phil.

Phil estaba furioso, pero obedeció, y después la observó mientras iba hacia su coche.

—Tory —le dijo—, si te pone la mano encima, lo mataré.

Ella entró en el coche y se alejó sin mirar atrás.

Tory condujo despacio, concediéndose tiempo para controlar sus emociones antes de enfrentarse a Swanson. Tenía que ser objetiva, y para eso tenía que calmarse. No podía hacer lo que tenía que hacer si estaba furiosa, ni tampoco podía permitir que los sentimientos de Phil la alteraran. Para estar a la altura de la placa que llevaba en el pecho, tenía que dejar todo aquello a un lado. Tory olvidó todo, salvo la necesidad de resolver aquel problema.

Cuando llegó al rancho de los Swanson, aparcó detrás de un pickup abollado y salió del coche. Al instante, un perro que estaba durmiendo en el porche comenzó a ladrar. Tory lo miró durante un momento, con cautela, y no se acercó al porche cuyo techo estaba combado. El perro era tan viejo y estaba tan descuidado como la casa.

Tory miró a su alrededor y sintió una punzada de pena por Tod. Aquello estaba al borde de la pobreza. Ella también había crecido en un hogar en el que habían tenido que apretarse el cinturón, pero con la obsesión de su madre por la limpieza y el trabajo duro de sus padres, su pequeño rancho siempre había tenido un aspecto acogedor y bonito. Aquel lugar, por el contrario, estaba desolado. La hierba crecía salvaje, y no había macetas de flores. La pintura de la casa estaba desconchada, y no había ninguna silla en el porche, ninguna señal de que alguien saliera a admirar las vistas.

No acudió nadie en respuesta a los ladridos del perro, pero surgió una voz enfadada que lo mandó callar. El perro obedeció, y Tory se encaminó en dirección a aquella voz.

Vio a Swanson trabajando en la valla de un corral vacío. Tenía la espalda de la camisa mojada de sudor, y el sombrero bien calado para darse sombra en la cara. Era un hombre bajo, fornido, con los hombros fuertes de un trabajador. Al pensar en la constitución de Tod, Tory pensó que la había heredado, y quizá el temperamento también, de su madre.

—¿Señor Swanson?

Él alzó la cabeza, y al verla, entrecerró los ojos. Miró brevemente su placa.

—Sheriff —dijo lacónicamente, y le dio a un clavo el golpe final con el martillo. No le agradaban las mujeres que interrumpían el trabajo de los hombres.

—Me gustaría hablar con usted, señor Swanson.

—¿De veras? ¿Sobre qué?

—Sobre Tod.

—¿Tiene algún problema el chico?

—Eso parece.

—Yo me encargaré de él. ¿Qué ha hecho?

—No ha hecho nada, señor Swanson.

—O tiene un problema, o no —dijo Swanson, y puso otro clavo en la valla. Comenzó a dar martillazos, y los sonidos se propagaron por el aire—. No tengo tiempo para charlar, sheriff.

—Tod tiene un problema, señor Swanson —respondió ella con calma—, y usted va a hablar conmigo, aquí o en la comisaría.

El tono de su voz hizo que Swanson se volviera hacia ella.

—¿Qué quiere?

—Quiero hablar con usted sobre el moretón que tiene su hijo en la cara —le dijo, y se dio cuenta de que apretaba tanto el martillo que se le quedaban blancos los nudillos.

—Mi hijo no es asunto suyo.

—Tod es un menor —replicó ella—. Sí es asunto mío.

—Yo soy su padre.

—Y como tal, no tiene derecho a maltratar ni física ni psicológicamente a su hijo.

—No sé de qué demonios está hablando —dijo él, y enrojeció de ira. Tory siguió mirándolo directamente, con calma.

—Sé muy bien que ha pegado más veces al chico —le dijo con frialdad—. Hay leyes muy estrictas para proteger a un niño de ese maltrato. Si no las conoce, quizá deba consultarle a un abogado.

—Yo no necesito ningún abogado —dijo él a gritos, señalando a Tory con el martillo.

—Va a necesitarlo si vuelve a señalarme con esa cosa —le dijo ella—. Un intento de agresión a un representante de la ley es un crimen muy grave.

Swanson miró el martillo y lo dejó caer al suelo.

—Yo no pego a las mujeres.

—¿Sólo a los niños?

Él la miró con furia.

—Tengo derecho a imponerles disciplina a los míos. Tengo que llevar un rancho —dijo, y señaló con un gesto su lastimosa tierra—. Cada vez que me doy la vuelta, el chico se marcha por ahí.

—Sus motivos no son de mi incumbencia. Los resultados sí.

Con la rabia en el semblante, él dio un paso hacia Tory. Ella se mantuvo firme.

—Váyase de aquí. No necesito que nadie venga a mi casa a decirme cómo debo tratar a mi hijo.

—Puedo comenzar el procedimiento para que le retiren la custodia de Tod.

—No puede quitarme a mi hijo.

—¿De veras?

—Tengo derechos —bramó él.

—Y Tod.

Él tragó saliva y se volvió a recoger el martillo y la lata de clavos.

—No va a quitarme a mi chico.

Tory vio algo en sus ojos, antes de que se diera la vuelta, que la hizo detenerse. La justicia, se recordó, era individual.

—Tod no querría que lo hiciera —dijo con más calma—. Me dijo que usted era un buen hombre y me pidió que no lo metiera en la cárcel. Usted le dio un puñetazo en la cara, pero él no ha dejado de quererlo.

Vio cómo se le tensaban los músculos de la espalda a Swanson. De repente, él tiró muy lejos la lata de clavos y el martillo.

—No quería golpearlo así —dijo, con la voz rasgada—. Ese maldito chico debía haber arreglado la valla, como le dije —añadió, y se pasó la mano por la cara—. No quería pegarle. Mire este sitio —murmuró, agarrándose al cercado—. Me lleva hasta el último minuto cuidarlo, y nunca me da beneficios. Pero es todo lo que tengo. Y lo único que oigo de Tod es que quiere marcharse al colegio, y que quiere esto y aquello, exactamente igual que...

—¿Su hermano?

Swanson volvió la cabeza lentamente, con una expresión vacía.

—No voy a hablar de eso.

—Señor Swanson, sé lo que cuesta mantener un lugar así. Pero su frustración y su ira no son excusa para que maltrate a su hijo.

—Tiene que aprender.

—¿Y su modo de enseñarle es usar los puños?

—Ya le he dicho que no quería pegarle. No quiero pegarle como me hizo mi padre a mí. Sé que no está bien, pero cuando me saca de quicio... —se interrumpió de nuevo, furioso por haberle contado aquello a una extraña—. No voy a pegarle más.

—Pero eso ya lo ha dicho antes, ¿verdad? —replicó Tory—. Y lo decía en serio, estoy segura. Señor Swanson, no es el único padre que tiene problemas para controlarse. Hay grupos y organizaciones que pueden ayudarlos a usted y a su familia.

—No voy a hablar con ningún psiquiatra ni con nadie de esto.

—Son personas normales, como usted, que hablan y se ayudan.

—No voy a contarles mis problemas a unos extraños. Yo puedo resolverlo solo.

—No, señor Swanson, no puede. Y no tiene demasiadas opciones. Puede alejar a Tod, como hizo con su hijo mayor. O puede buscar ayuda, la clase de ayuda que justificará el amor que su hijo siente por usted. Quizá lo primero que tiene que decidir es qué va primero, si su orgullo o su hijo.

Swanson miró hacia el corral vacío.

—Su madre se moriría si Tod se fuera también.

—Tengo un número de teléfono al que puede llamar, señor Swanson. Encontrará a gente que hablará con usted, que le escuchará. Se lo daré a Tod.

Él se encogió de hombros. Ella esperó un instante, rezando por haber acertado.

—No me gustan los ultimátums —continuó—, pero quiero ver a Tod todos los días. Si no viene al pueblo, yo vendré aquí. Señor Swanson, si su hijo aparece con una sola marca, le traeré una orden judicial y le retiraré la custodia de Tod.

Él la miró de nuevo. Lentamente, asintió.

—Tiene mucho de su padre, sheriff.

Automáticamente, Tory se llevó la mano a la placa. Sonrió por primera vez.

—Gracias.

Se dio la vuelta y se alejó. Sólo cuando supo que nadie la veía, se permitió el lujo de secarse el sudor de las palmas de las manos en las perneras del pantalón.

CAPÍTULO 9

Tory tuvo que detenerse a la entrada del pueblo, debido a que había una barricada. Apagó el motor y salió del coche al mismo tiempo que se acercaba uno de los guardias de seguridad de Phil.

—Lo siento, sheriff. No puede usar la calle principal. Están rodando.

Tory se encogió de hombros y se apoyó en el capó del coche.

—Está bien. Esperaré.

La ira que la había llevado hasta el rancho de Swanson se había evaporado. Tory agradeció tener unos momento para descansar y pensar. Desde aquel punto privilegiado, veía al equipo de rodaje y a la gente del pueblo, que debutaban como extras. Vio a Hollister cruzando la calle detrás de dos actores que estaban interpretando la escena. Tory sonrió, pensando en cómo iba a alardear Hollister sobre aquel momento de gloria durante el resto de su vida. A los pocos instantes, Phil cortó la toma. Incluso desde aquella distancia, Tory se daba cuenta de que estaba frustrado. Frunció el ceño y se preguntó si su encuentro siguiente iba a convertirse en una batalla. No se arrepentía, porque sabía que había hecho lo correcto, lo único que podía hacer.

El tiempo que les quedaba era muy breve, y Tory no quería que estuviera lleno de discusiones y tensión. Sin embargo, hasta que él aceptara que su trabajo tenía responsabilidades y exigencias, la tensión sería inevitable. Para Tory, el hecho de que las semanas que tenían por delante fueran impecables se había convertido en algo muy importante. Quizá demasiado importante, y eso no podía permitírselo. No era lo que ninguno de los dos estaba buscando. Después del verano, cada uno seguiría su camino, y eso era lo que ambos querían.

Cuando Phil terminó de rodar la escena, ya había tenido suficientes extras por aquel día. Había conseguido, con grandes dosis de control, conservar la paciencia y hablar con todos ellos antes de despedirlos. Quería filmar otra escena más antes de terminar la jornada, así que dio instrucciones rápidamente para no perder la luz.

En aquel momento sonó el busca y lo distrajo. Phil respondió a través de su transmisor.

—Sí, aquí Kincaid.

—Soy Benson —dijo el guardia de seguridad—. Tengo aquí a la sheriff, señor Kincaid. ¿Puede pasar ahora?

Phil miró hacia aquel extremo del pueblo. Vio a Tory apoyada contra el capó del coche, bebiendo de una lata. Notó oleadas de alivio y de irritación.

—Sí, puede pasar —dijo, y cortó la comunicación.

Esperó a que Tory hubiera aparcado junto a la comisaría y cruzó la calle para encontrarse con ella. Antes de que pudiera llegar, Tod salió ansiosamente por la puerta.

—¡Sheriff! —exclamó.

Tory subió los escalones y se detuvo frente al chico.

—Todo va bien, Tod.

—No has... ¿No lo has arrestado?

Ella le puso las manos sobre los hombros.

—No —le dijo, y sintió su suspiro.

—No se enfadó contigo, ni...

—No. Sólo hemos estado hablando. Él sabe que está mal pegarte, Tod. Quiere dejar de hacerlo.

—Me asusté cuando te fuiste, pero el señor Kincaid dijo que sabías lo que estabas haciendo y que todo saldría bien.

—¿De veras? —Tory se volvió y vio a Phil a su lado—. Bueno, pues tenía razón —se volvió hacia Tod y le apretó suavemente los hombros—. Vamos dentro un minuto. Quiero darte un número de teléfono para tu padre. ¿Te apetece una taza de café, Kincaid?

—De acuerdo.

Los tres entraron en la comisaría. Ella se acercó directamente al escritorio, sacó su agenda y anotó un número en una hoja. Después se la entregó a Tod.

—Este número es para toda tu familia. Ve a casa a hablar con tu padre, Tod. Necesita entender que lo quieres.

Él plegó la hoja y se la metió al bolsillo trasero del pantalón. Después miró la superficie del escritorio.

—Gracias. Ah… siento las cosas que te dije antes —dijo, y se ruborizó un poco. Miró a Phil y murmuró—: Ya sabes.

—No tienes por qué sentirlo, Tod —dijo ella, y le hizo alzar la cara para mirarlo a los ojos—. ¿De acuerdo?

—Sí, de acuerdo —respondió el chico, y se ruborizó otra vez. Sin embargo, reunió valor, y le dio a Tory un rápido beso en la mejilla antes de salir disparado por la puerta.

Ella se rió y se tocó el lugar donde la había besado.

—De verdad —murmuró—, si tuviera quince años más…

Phil la agarró por los brazos.

—¿Estás bien de veras?

—¿No lo parece?

—¡Demonios, Tory!

—Phil, no tienes motivos para preocuparte. ¿No le has dicho a Tod que yo sabía lo que hacía?

—El chico estaba muerto de miedo —dijo él. «Y yo también», pensó mientras la abrazaba—. ¿Qué ha pasado?

—Hemos hablado. Es un hombre muy preocupado. Quería odiarlo, pero no pude. Espero que llame a ese número.

—¿Y qué habrías hecho si se hubiera puesto violento?

—Lo habría controlado —respondió ella, apartándose un poco—. Es mi trabajo.

—No puedes…

—Phil —dijo Tory, y lo cortó con firmeza—. Yo no te digo cómo tienes que preparar una escena. No me digas cómo tengo que dirigir mi pueblo.

—No es lo mismo, y lo sabes. Nadie intenta agredirme cuando repito una toma.

—¿Y un actor frustrado?

—Tory, no puedes convertir este asunto en una broma.

—Es mejor una broma que una discusión. No quiero discutir contigo. Phil, no te empeñes en algo así. No es bueno para nosotros.

Él se contuvo para no darle una contestación furiosa, se alejó hacia la ventana y miró al exterior. Ya nada le parecía tan sencillo como la primera vez que había entrado a aquella pequeña comisaría.

—Es difícil —murmuró—. Me importas.

Tory se lo quedó mirando fijamente a la espalda, mientras sentía una oleada de emociones. Su corazón no escuchaba el estricto sentido común que ella le había impuesto. Ya no estaba segura de lo que quería, y tuvo que reprimir el impulso de acercarse a él para que volviera a abrazarla.

—Lo sé. A mí también me importas —dijo, al final.

Él se volvió lentamente, y ambos se miraron como se habían mirado cuando había unos barrotes entre los dos, con cierta cautela. Durante unos instantes, sólo existía el sonido quejumbroso del ventilador y el murmullo de las conversaciones de fuera.

—Tengo que volver —dijo Phil, y se metió las manos a los bolsillos. Tenía demasiadas ganas de acariciarla—. ¿Cenamos juntos?

—Claro. Pero tendrá que ser un poco más tarde. ¿A las ocho?

—De acuerdo.

Ella esperó hasta que la puerta se hubo cerrado para sentarse en el escritorio. Le flaqueaban las piernas. Apoyó la cabeza entre las manos y dejó escapar un suspiro.

«Oh, Dios mío. Dios mío». El terreno era mucho más peligroso de lo que había pensado. Sin embargo, no podía estar enamorándose de él. Eso no. Le parecía que todo era más intenso debido al torbellino emocional de aquellos dos días pasados. Ella no estaba preparada para asumir los compromisos y las obligaciones que requería el hecho de estar enamorada, y eso era todo. Se levantó y enchufó la cafetera. Se sentiría mejor cuando hubiera tomado una taza de café y se hubiera puesto a trabajar.

Phil pasó más tiempo del que hubiera debido en la ducha. Había tenido un día difícil y largo, de doce horas de trabajo. Estaba acostumbrado a los horarios duros y a los requerimientos imposibles de su trabajo. Normalmente, se lo tomaba con calma. En aquella ocasión no.

El agua caliente y el vapor no conseguían relajar su tensión. Había estado ahí desde el momento en que Tory se había ido al rancho de Swanson, y después, inexplicablemente, había aumentado durante su breve conversación en la comisaría. Como él era un hombre que sabía gestionar bien la tensión, se sentía molesto por no poder hacerlo en aquella ocasión.

Cerró los ojos y dejó que el agua le fluyera por la cabeza. Ella tenía toda la razón al decir que él no podía inmiscuirse en su trabajo. En realidad, no tenía nada que decir en cuanto a ningún aspecto de su vida. Su relación no tenía ataduras, y él no las deseaba, igual que Tory. Nunca había tenido aquel problema en una relación anterior. ¿Problema? Era un problema de perspectiva. Lo que tenía que hacer era volver a poner su relación con Tory en la perspectiva correcta.

¿Y quién mejor que un director para conseguirlo?, pensó con ironía, y cerró el grifo. Sencillamente, estaba permitiendo que aquella escena se impregnara de demasiada emoción. Toma dos, pensó mientras tomaba la toalla. Por algún motivo, había olvidado unas cuantas reglas básicas y vitales. Debía mantener las cosas ligeras, simples. Lo que había entre Tory y él era algo elemental y sin tensiones, porque los dos querían que fuera así.

Phil recordó que aquélla era una de las primeras cosas que lo había atraído de ella. Se colocó una toalla alrededor de la cintura y tomó otra para secarse el pelo. Ella no esperaba un compromiso, ni lazos permanentes como el amor y el matrimonio. Aquéllas eran cosas con las que ninguno de los dos iba a complicarse. Eran demasiado listos para hacerlo. En el espejo, cubierto de vaho, Phil percibió la sombra de la duda en su propia mirada.

Oh, no, se dijo, por supuesto que no. No estaba enamorado de ella. Aquello estaba fuera de toda cuestión. Tory le importaba, por supuesto: era una mujer muy especial, fuerte, bella, inteligente, independiente y dulce. Era normal que se sintiera tan atraído por ella. Además, tenían algo en común que encajaba, una especie de amistad, pensó. Por eso se había preocupado tanto por ella como para dejar que las cosas se le escaparan de las manos durante un rato.

Estaba mirándose distraídamente en el espejo, con el ceño fruncido, cuando oyó que alguien llamaba a la puerta.

—¿Quién es?

—Servicio de habitaciones.

El gesto ceñudo se transformó en una sonrisa en el instante en que reconoció la voz de Tory.

—Vaya, hola —le dijo Tory desde el umbral, cuando él abrió la puerta—. Vas un poco retrasado para la cita, Kincaid.

Phil se hizo a un lado para permitirle el paso. Ella llevaba una bandeja grande en las manos.

—He perdido la noción del tiempo en la ducha. ¿Es nuestra cena?

—Bud me llamó por teléfono —respondió Tory mientras dejaba la bandeja en la mesa—. Me dijo que habías pedido la cena para las ocho, pero que no respondías al teléfono. Como me moría de hambre, decidí acelerar las cosas —explicó. Le rodeó la cintura con los brazos y le acarició la espalda húmeda—. Mmm, estás muy tenso —murmuró, disfrutando del hecho de verlo con el pelo rizado caóticamente alrededor del rostro—. ¿Un día difícil?

—Difícil es un eufemismo —respondió Phil mientras la besaba.

Olía a jabón y a champú, y aquel olor le resultó a

Tory tan excitante como la esencia masculina que asociaba con él. Su apetito desapareció, y surgió su hambre de él. Se apretó contra él, pidiéndole más. Él la abrazó con fuerza. Sus músculos se tensaron. Estaba perdiéndose en ella de nuevo, y no podía controlarlo.

—Estás realmente rígido —dijo Tory contra sus labios—. Túmbate.

Él se rió y me mordisqueó el labio inferior.

—Trabajas deprisa.

—Te voy a masajear la espalda —le informó ella mientras se apartaba—. Puedes contarme todas las cosas frustrantes que te han hecho hoy esos actores desagradables, mientras tú luchabas por ser brillante.

—Deja que te enseñe cómo nos encargamos de las listillas en la costa —le sugirió Phil.

—A la cama, Kincaid.

—Bueno —dijo él con una sonrisa—. Si insistes…

—Boca abajo —ordenó ella, cuando Phil comenzó a tirar de ella hacia el colchón.

Phil decidió que recibir mimos podía tener sus ventajas, y obedeció.

—Tengo una botella de vino en la nevera —suspiró mientras se tumbaba—. Es un sitio estupendo para guardar un borgoña de cincuenta años.

—No seas esnob —le advirtió Tory mientras se sentaba a su lado—. Debes de haber trabajado más de doce horas hoy —comenzó—. ¿Has avanzado mucho?

—No tanto como deberíamos —respondió Phil, y al

instante, se le escapó un gruñido de placer, porque ella había comenzado a trabajar los músculos de sus hombros–. Esto es maravilloso.

–Los chicos de la casa de masajes siempre preguntaban por Tory.

Él alzó la cabeza.

–¿Qué?

–Sólo quería ver si estabas prestando atención. Abajo, Kincaid –dijo ella, riéndose suavemente, mientras le masajeaba los brazos– ¿Han sido problemas técnicos o temperamentales?

–Ambos –respondió él, y cerró los ojos–. Se han dañado unos dicroicos. Si tenemos suerte, los nuevos llegarán mañana. La mayoría de los desastres sucedieron durante la toma de la multitud. A tu gente le gusta sonreír a la cámara –dijo con ironía–. Esperaba que alguien se pusiera a saludar en cualquier momento.

–Así es el cine –concluyó Tory mientras bajaba hacia sus rodillas. Se subió un poco el vestido para tener más libertad de movimientos. Phil abrió los ojos y obtuvo una visión de su muslo–. No me sorprendería que el alcalde construyera un cine en Friendly sólo para proyectar la película. Piensa en el impulso que sería para la industria.

–Merle caminaba por la calle como si hubiera estado a caballo tres semanas –dijo él. Como los dedos de Tory estaban haciendo milagros sobre los músculos de su espalda, Phil cerró los ojos de nuevo.

–Merle todavía está saliendo con Marlie Summers.

–Tory.

–Sólo quería darte conversación –dijo ella con despreocupación, pero presionó con más fuerza de la necesaria sobre sus omóplatos.

–¡Ay!

–Aguanta, Kincaid –le dijo. Con una carcajada, le dio un beso en el centro de la espalda–. No vas retrasado, ¿verdad?

–No. Pese a todos los inconvenientes de rodar en exteriores, nos va muy bien. En otras cuatro semanas más habremos terminado.

Los dos se quedaron en silencio durante un momento.

–Bueno, entonces –dijo Tory con energía–, no deberías preocuparte por la aseguradora.

–Tendré al supervisor detrás de mí hasta que la película esté en su lata –murmuró Phil–. Hay un punto justo a la derecha… oh, sí –murmuró, cuando ella comenzó a masajeárselo.

–Es una pena que no tengas ninguno de esos aceites tan sofisticados –comentó Tory. Con un movimiento ágil, se colocó a horcajadas sobre él para aplicar mejor la presión–. Me decepcionas, Kincaid. Creía que todos los tipos de Hollywood llevaban una provisión de esas cosas.

–Mmmm.

Él le habría respondido como se merecía, pero su

mente estaba empezando a flotar. Ella le estaba presionando con los dedos fríos y seguros en un punto justo encima de la toalla de su cintura. Llevaba unas medias finas y le rozaba los lados, excitándolo cada vez que se doblaba. El olor de su champú le produjo un cosquilleo en la nariz cuando ella subió para masajearle nuevamente los hombros. Aunque la sábana estaba caliente, demasiado caliente quizá, bajo su cuerpo, Phil no podía reunir la energía necesaria para moverse. A medida que atardecía, la luz del sol se debilitó y se convirtió en una neblina dorada que encajaba bien con su estado de ánimo. Oyó el ruido del motor de un coche que pasaba por la calle de abajo, y después, sólo la respiración calmada y rítmica de Tory. Ya estaba relajado, pero no le dijo que parara. Se le había olvidado completamente la cena, que se estaba enfriando sobre la mesa.

Tory continuó pasándole las manos por la espalda, pensando que se había quedado dormido. Phil tenía un cuerpo muy bonito, duro, bronceado y disciplinado. Los músculos de su espalda eran fuertes y flexibles. Durante un momento, disfrutó simplemente del hecho de explorarlo. Cuando bajó un poco, la falda del vestido se le subió por los muslos. Con un sonido de fastidio, se bajó la cremallera del costado y se lo sacó por la cabeza. Tenía más libertad de movimientos tan sólo con el body.

La cintura de Phil era estilizada, y ella deslizó las

manos por encima, comprobando su firmeza. Antes, sus encuentros sexuales habían sido tan apremiantes, que Tory había estado completamente bajo su autoridad. En aquel momento, disfrutó del hecho de conocer las líneas y planos de su cuerpo. Bajó por las caderas estrechas, sobre la toalla, hasta sus muslos. También eran musculosos, endurecidos por pasar horas de pie, trabajando, y por jugar al tenis, y por la natación. El ligero vello que le cubría las piernas le rozaba la piel a Tory, y hacía que se sintiera intensamente femenina. Ella le masajeó las pantorrillas, y no pudo resistir el impulso de besarle ligeramente la parte trasera de las rodillas. A Phil comenzó a calentársele la sangre en el cuerpo, pero estaba demasiado embriagado de placer como para moverse. Ella sintió una curiosa calidez al masajearle los pies.

Phil trabajaba mucho más duramente de lo que ella hubiera supuesto, pensó Tory mientras ascendía lentamente por sus piernas. Pasaba horas al sol, en pie, repitiendo una y otra vez la misma toma hasta que alcanzaba la perfección. Y ella había llegado a darse cuenta de que la película nunca estaba lejos de su pensamiento, ni siquiera durante el tiempo libre. Phillip Kincaid, pensó con una sonrisa, era un hombre muy impresionante, con mucha más profundidad de lo que daban a entender las revistas del corazón. Él se había ganado su respeto durante su estancia en Friendly, y ella era consciente, con incomodidad, de que Phil se había ganado además algo mucho más complejo. Pero Tory no iba a pensarlo en aquel momento. Quizá no tuviera más remedio que pensarlo cuando él ya se hubiera ido. Pero, por el momento, Phil estaba allí. Eso era suficiente.

Con un suspiro, se inclinó sobre su espalda y apoyó la mejilla sobre su hombro. La necesidad se había apoderado de ella sin que Tory se diera cuenta. Se le había acelerado el pulso, y sentía en las venas un calor espeso, como la miel caliente.

—Phil —le dijo al oído, y dibujó los pliegues de su oreja con la punta de la lengua—. Te deseo —murmuró. Rápidamente, comenzó a pasarle los labios por la piel, tan cuidadosamente como le había acariciado con los dedos.

Él parecía tan dócil mientras ella deambulaba por su cuerpo que, cuando alargó su fuerte brazo para acercársela, a ella se le cortó la respiración. Antes de que pudiera recobrarla, Phil la besó. Sus labios eran suaves y cálidos, pero su beso fue potente. Él le hundió la lengua en la boca y buscó sus rincones húmedos mientras su peso la empujaba en el colchón. Él hizo un viaje rápido, hambriento por su cara, antes de mirarla. No había ni un rastro de somnolencia en su expresión. Sólo con aquella mirada, la hizo temblar.

—Me toca a mí —susurró él.

Con sus hábiles dedos, desabrochó los diminutos botones del body de Tory. Siguió aquel camino con los labios, y dibujó un rastro de fuego por la piel que acababa de descubrir. Le había abierto la prenda hasta el ombligo, y permaneció allí saboreando su carne suave del color de la miel. Tory se sintió como si la hubiera arrastrado un torbellino de sensaciones, como si estuviera en el aire pesado del ojo del huracán. Phil le acarició los muslos, apretando insistentemente con los pulgares donde terminaba la fina seda de las medias. Con habilidad, se las desenganchó y se las retiró lentamente, y su boca se apresuró a probar. Tory gimió y dobló la pierna para ayudarlo mientras se entremezclaban el placer y el tormento.

Durante un momento embriagador, Phil detuvo la lengua en la parte superior de su mulso. Lamió lentamente bajo la seda, y ella se arqueó con impaciencia. La respiración de Phil traspasó el tejido hasta el punto más sensible del cuerpo de Tory, pero él la dejó húmeda y expectante, y volvió ávidamente hacia su boca. Tory correspondió ardientemente a su beso y lo abrazó con fuerza. Sintió cómo el cuerpo de Phil latía contra el suyo. Él succionó y mordisqueó suavemente su labio inferior, y Tory conoció una pasión tan concentrada y volátil que luchó bajo él para conseguir el placer definitivo.

—Aquí —le susurró Phil, moviéndose hacia el lugar de su cuello que siempre lo atraía—. Tienes un sabor único —murmuró, y con un gruñido, dejó que su apetito voraz se saciara.

Ella tenía los pechos endurecidos, y lentamente, él le humedeció las puntas con la lengua, escuchando su respiración temblorosa mientras viajaba de uno al otro, jugueteando, dibujando círculos, mordisqueando, hasta que sus movimientos bajo él fueron de desesperación, de abandono. La pasión llegó a una cima deliciosa hasta que él la atrapó, caliente y húmeda, en su boca, y comenzó a succionar vorazmente. Ella no se dio cuenta de en qué momento le quitaba el body, y se vio desnuda hasta la cintura. Los últimos rayos de sol entraron en la habitación como una niebla de color rojo oscuro. Volvía la piel de Tory de un color exótico, que le excitó más aún. Retiró toda la seda de su cuerpo, hasta que se perdió en el lío de las sábanas.

Desesperada, Tory lo acarició. Oyó cómo Phil inhalaba con brusquedad al sentir sus dedos, notó que se estremecía. Tory lo deseaba con una intensidad demasiado fuerte como para negarla.

—Más —susurró él, pero fue incapaz de resistirse cuando ella lo arrastró hacia sí.

—Ahora —murmuró Tory, y arqueó las caderas para recibirlo.

Permanecieron tumbados en la cama, en silencio, exhaustos, hasta que los primeros rayos de luna entraron en la habitación. Él sabía que debía moverse; todo su peso estaba sobre Tory y la empujaba en el colchón. Pero estaban tan bien, carne con carne, y su boca apoyada confortablemente sobre su pecho. Ella tenía los dedos en su pelo, y le acariciaba con movimientos somnolientos y suaves. El tiempo pasaba fácilmente, de segundos a minutos sin palabras ni necesidad de hablar. Phil oía los latidos de su corazón, lentos y constantes. Perezosamente, pasó la lengua por su pezón, todavía erecto, y notó que se endurecía más.

–Phil –protestó ella, débilmente.

Él se rió, muy complacido por el hecho de ser capaz de afectarla con tanta facilidad.

–¿Cansada? –le preguntó, mientras seguía lamiéndola.

–Sí –dijo ella, y gruñó en voz baja cuando él comenzó a jugar con su otro pecho–. Phil, no puedo.

Él la ignoró y juntó sus labios con los de ella, dándole besos largos, lentos, mientras continuaba acariciándola. Sólo tenía intención de besarla antes de retirar su peso de encima de ella. Los labios de Tory eran insoportablemente suaves y generosos. Su respiración se hizo temblorosa, y al notarlo, Phil recuperó la pasión a una velocidad vertiginosa. Tory se dijo que no era posible que un deseo somnoliento se convirtiera en un torrente de necesidad fresca.

Phil volvió a deleitarse con sus formas, con el sabor recién amado de su piel. Una chispa suave había encendido de nuevo la llama.

—Quiero una nueva toma —murmuró.

La tomó rápidamente, y los dejó a los dos temblando, húmedos, colgados el uno del otro en la habitación salpicada de luz de luna.

—¿Cómo te sientes? —murmuró más tarde Phil. Ella
estaba a su lado, con un brazo apoyado en su pecho.

—Asombrada.

Él se rió y le besó la sien.

—Yo también. Supongo que se nos ha enfriado la
cena.

—Mmm. ¿Qué era?

—No me acuerdo.

Tory bostezó y se acurrucó a su lado.

—Eso siempre está mejor frío, de todos modos —dijo. Sabía que, con poco esfuerzo, podría dormir durante una semana entera.

—¿No tienes hambre?

Ella lo pensó durante un instante.

—¿Es algo que hay que masticar?

Él sonrió en la oscuridad.

—Probablemente.

—Mm, mm —dijo, como negativa, y se arqueó con
satisfacción cuando él le pasó la mano por la espalda—. ¿Tienes que levantarte temprano?

—A las seis.

Ella, con un gruñido, cerró los ojos firmemente.

—Estás echando por tierra tu misterio —le dijo ella—.
Los casanovas de Hollywood no se levantan a las seis.

Él soltó un resoplido.

—Sí, si tienen que dirigir una película.

—Supongo que, cuando te vayas, todavía tendrás
mucho trabajo por hacer antes de terminar la película.

Los dos fruncieron el ceño, aunque ninguno de
los dos vio al otro.

—Sí, todavía hay que grabar bastantes escenas en el
estudio, y después editar… ojalá hubiera más tiempo.

Ella sabía lo que quería decir, y dominó su tono
de voz cuidadosamente.

—Los dos lo sabíamos. Yo me quedaré en el pueblo
pocas semanas más que tú. Tengo mucho trabajo que
hacer en Albuquerque.

—Es una suerte que los dos estemos cómodos tal y
como son las cosas —dijo Phil, y miró al techo, mientras seguía acariciándole el pelo—. Si nos hubiéramos
enamorado, sería una situación imposible.

—Sí —murmuró Tory, abriendo los ojos en la oscuridad—. Y ninguno de los dos tenemos tiempo para
las situaciones imposibles.

Tory detuvo el coche frente al rancho. Los geranios de su madre estaban maravillosos. Había plantas blancas y rosas, situadas con orden entre las flores rojas. El resultado era una manta de color organizada y bien cuidada. Tory se dio cuenta de que había arreglado una rasgadura que había en la mosquitera de una de las ventanas. Como siempre, había algunas prendas secándose al sol en el tendal. Ella no quería entrar en la casa.

Era una obligación que nunca descuidaba, pero que nunca le resultaba fácil. Al menos, una vez a la semana, iba al rancho para pasar media hora tensa con su madre. Desde que el equipo de filmación había llegado a Friendly, Helen sólo había ido al pueblo dos veces. En ambas ocasiones había pasado por la comisaría para saludar a Tory, pero sus visitas habían sido breves e incómodas para ambas mujeres. El tiempo no estaba remediando su situación, sino empeorándola.

Normalmente, Tory reservaba sus visitas para los domingos por la tarde. Aquella vez, sin embargo, había ido a su casa un día antes para contentar a Phil. Sonrió al pensarlo. Finalmente, él la había convencido para que le permitiera filmarla en una película casera. Cuando terminara el rodaje de por la mañana en el pueblo, iría con una de las cámaras de vídeo al rancho. Aunque ella no entendía por qué el hecho de filmarla era tan importante para Phil, Tory pensó que no le haría ningún daño. Además, pensó irónicamente, él no iba a parar hasta que ella hubiera accedido. Así pues, dejaría que se divirtiera. Y ella disfrutaría del paseo a caballo.

Después de saludar a Justice, que estaba corriendo por el corral, se dirigió hacia la casa con un suspiro. Nada más entrar, percibió el olor de la cera de abeja y limón que su madre usaba para abrillantar el suelo. Se fijó en las ventanas, que no tenían ni una sola mota de polvo. ¿Cómo lo hacía?, se preguntó Tory, mirando a su alrededor por el salón impecable. ¿Cómo soportaba pasarse el día limpiando el polvo? ¿Sería de verdad todo lo que esperaba de la vida?

Para una mujer como Tory, que siempre buscaba todas las alternativas a las cosas, y los ángulos diferentes, era difícil entender una aceptación tan plácida. Quizá, las cosas hubieran sido más fáciles para ellas si la hija hubiera entendido a la madre, o la madre a la hija. Tory sacudió la cabeza con frustración y entró en la cocina, esperando encontrarse a Helen junto a los fogones.

Sin embargo, la habitación estaba vacía, así que se dirigió al pasillo. Se dio cuenta entonces de que la casa estaba muy silenciosa. Su madre tenía que estar allí, puesto que Tory había visto su viejo coche aparcado fuera. Vagamente inquieta, Tory miró hacia arriba por las escaleras. Abrió la boca para llamarla, pero no lo hizo. Algo la impulsó a subir silenciosamente los peldaños.

En el rellano se detuvo, y percibió un sonido ahogado que provenía del final del pasillo. Siguió moviéndose con suavidad hacia el dormitorio de sus padres. La puerta estaba medio cerrada. Tory la empujó y entró.

Helen estaba sentada en la cama, con un primoroso vestido amarillo. Tenía el pelo rubio recogido con un pañuelo de la misma tela. Tenía entre las manos una camisa de trabajo del padre de Tory. El color azul estaba desvaído, y tenía los puños gastados. Tory recordaba que era la favorita de su padre, y que Helen decía que sólo servía de trapo para limpiar. En aquel momento, su madre la tenía agarrada contra el pecho, y se mecía suavemente mientras lloraba con desesperación silenciosa. Tory se quedó mirándola, muda.

Nunca había visto llorar a su madre. Helen era una mujer que se enfrentaba a la alegría y a la tristeza con idéntica contención. Sin embargo, no había nada de contención en aquella mujer a la que Tory estaba viendo en aquel momento. Era una mujer hundida en lo más profundo de la tristeza, ciega y sorda a todo lo demás.

Toda la ira y todo el resentimiento de Tory, toda la distancia, se desvanecieron en un instante. Tory sintió el corazón lleno de comprensión, y la garganta ardiendo de la pena que compartían.

—Mamá.

Helen alzó la cabeza. Tenía una mirada perdida, confusa. Sacudió la cabeza e intentó contener los sollozos.

—No, no lo hagas —le pidió Tory, que se acercó a ella apresuradamente y la abrazó—. No te cierres a mí.

Helen se puso rígida en un intento de recuperar la compostura, pero Tory la sujetó con fuerza. Bruscamente, Helen se desplomó, y apoyó la cabeza en el hombro de su hija, sin dejar de llorar.

—Oh, Tory, Tory, ¿por qué no pudo pasarme a mí? —con la camisa entre las dos, Helen aceptó el consuelo de los brazos fuertes de su hija—. No a Will. A Will no. Debería haber sido yo.

—No, no digas eso —dijo Tory. Sus propias lágrimas, calientes y pesadas, comenzaron a deslizársele por las mejillas–. No pienses eso. Papá no lo querría.

–Durante todas aquellas semanas horribles, en el hospital, recé para que ocurriera un milagro –dijo su madre, y se aferró a Tory con fuerza–. Me dijeron que no había esperanzas. Oh, Dios, yo quería gritar. Él no podía morirse sin mí... La última noche en el hospital, antes de... yo fui a su habitación. Le rogué que les demostrara que estaban equivocados, que volviera. Pero estaba muerto –dijo, y gimió de dolor. Se habría caído al suelo si Tory no la estuviera sujetando–. Él ya me había dejado. Yo no podía tenerlo allí postrado, enchufado a aquella máquina. No podía hacerle eso a Will. A mi Will no.

–Oh, mamá –susurró Tory. Se mecieron juntas, con la cabeza apoyada en el hombro de la otra–. Lo siento muchísimo. Yo no lo sabía. Pensaba que... lo siento mucho.

Helen exhaló un suspiro profundo mientras sus sollozos se calmaban.

–No sabía cómo decírtelo, ni como explicártelo. No se me da bien explicar mis sentimientos. Sabía lo mucho que querías a tu padre –continuó–, pero estaba demasiado enfadada como para hablar contigo. Supongo que prefería que me atacaras. Era más fácil ser fuerte, aunque sabía que te estaba haciendo más daño.

–Eso no importa ya.

–Tory...

—No, no importa.

Tory empujó suavemente a su madre hacia atrás, para mirarla a los ojos.

—Ninguna de las dos intentó comprender a la otra aquella noche. Las dos nos equivocamos. Creo que ya lo hemos pagado suficiente.

—Yo lo quería tanto —dijo Helen, mirando la camisa arrugada que tenía en las manos—. Me parece imposible que no vaya a entrar más por esa puerta.

—Lo sé. Cada vez que entro en la casa, todavía lo busco.

—Tú eres tan parecida a él —dijo Helen, y tímidamente, le acarició la mejilla a su hija—. Algunas veces me resulta doloroso incluso mirarte. Tú siempre fuiste más suya que mía. Es culpa mía —añadió, antes de que Tory pudiera hablar—. Siempre me sentí un poco intimidada por ti.

—¿Intimidada? —preguntó Tory.

—Eras tan lista, tan rápida, tan exigente… siempre me preguntaba cuánto había tenido que ver en tu formación. Tory… nunca intenté de veras acercarme a ti. No es mi forma de ser.

—Lo sé.

—Pero eso no significa que no te quisiera.

Ella le apretó las manos a su madre.

—Eso también lo sé. Pero siempre lo miraba a él antes.

—Sí —dijo Helen, y acarició la camisa arrugada—.

Yo creía que estaba recuperándome muy bien —añadió suavemente—. Iba a limpiar el armario. Encontré esto, y... a él le gustaba tanto... Todavía tiene los agujeritos del alfiler de la placa en el pecho.

—Mamá, ya es hora de que salgas un poco de casa, de que empieces a ver a la gente de nuevo —cuando Helen comenzó a sacudir la cabeza, Tory le agarró las manos—. A vivir otra vez.

Helen miró por la habitación con una mirada de desconcierto.

—Esto es lo único que sé hacer. Durante todos estos años...

—Cuando vuelva a Albuquerque, ¿por qué no vienes a pasar una temporada conmigo? Tú nunca has estado allí.

—Oh, Tory, no sé...

—Piénsalo —le dijo Tory, que no quería presionarla—. Quizá lo pasaras muy bien viendo cómo hago pedazos a un testigo en un interrogatorio.

Helen se echó a reír, secándose las lágrimas.

—Quizá. ¿Te ofenderías si te dijera que a veces me preocupa ver que estás sola? ¿Que no tienes a alguien como tu padre esperándote en casa?

—No —murmuró Tory. La súbita punzada de soledad que sintió la inquietó mucho más que las palabras de su madre—. La gente necesita cosas distintas.

—Todo el mundo necesita a alguien, Tory —la corrigió Helen, con delicadeza—. Incluso tú.

Tory miró a los ojos a su madre durante un momento, y después desvió la mirada.

—Sí, lo sé. Pero a veces esa persona... —se interrumpió, porque sólo podía pensar en Phil—. Ya habrá tiempo para eso —dijo con brío—. Todavía tengo muchas obligaciones, muchas cosas que quiero hacer antes de comprometerme... con alguien.

En el tono de voz de Tory había suficiente ansiedad como para que Helen se diera cuenta de que aquel alguien tenía nombre. Tuvo la sensación de que era demasiado pronto para darle un consejo a su hija, así que le dio unos golpecitos afectuosos en la mano.

—No esperes demasiado —dijo—. La vida tiene el hábito de pasar rápidamente.

Helen se levantó y fue hacia el armario de nuevo. La necesidad de estar ocupada estaba demasiado arraigada en ella como para que pudiera permanecer sentada demasiado tiempo.

—No sabía que ibas a venir hoy —le dijo a Tory—. ¿Vas a montar?

Tory acarició la camisa de su padre antes de ponerse en pie.

—Sí. En realidad, voy a seguirle la corriente al director de la película que se está rodando en el pueblo —dijo, y fue hacia la ventana. Al mirar hacia abajo, vio a Justice corriendo por el corral—. Está obsesionado con filmarme. Me negué rotundamente a hacer de extra en la película, pero finalmente he accedido a dejar que me grabe mientras monto a Justice.

—Debe de ser muy persuasivo —comentó Helen.

Tory se rió.

—Sí lo es.

—Es el hijo de Marshall Kincaid —dijo Helen, acordándose—. ¿Se parece a su padre?

—Sí, en realidad sí. Tiene la misma cara aristocrática y los mismos ojos azules —dijo Tory, y vio que el coche de Phil se acercaba al rancho en aquel momento—. Está llegando, por si quieres conocerlo.

—Oh, yo... —Helen se apretó los dedos bajo los ojos—. Creo que no estoy muy presentable en este momento, Tory.

—De acuerdo —dijo ella, mientras iba hacia la puerta. En el umbral, se volvió—. ¿Estarás bien?

—Sí, sí, estoy bien. Tory... —dijo Helen, y atravesó la habitación para darle a su hija un beso en la mejilla. Tory se quedó muy sorprendida por aquel gesto tan poco característico de su madre—. Me alegro de que hayamos hablado. Me alegro mucho.

Phil detuvo el coche junto al cercado. El caballo se acercó y asomó la cabeza por encima de la valla, esperando a que le prestaran atención. Phil dejó la cámara en el asiento trasero, y se acercó para acariciarle el cuello dorado. El animal comenzó a husmearle los bolsillos, ávidamente.

—¡Eh! —exclamó Phil, y con una carcajada, se alejó.

—Está buscando esto —dijo Tory, que bajaba las escaleras del porche con una zanahoria en la mano.

—Deberías arrestar a tu amigo por carterista —comentó Phil, mientras Tory se acercaba. La sonrisa se le borró de los labios—. Tory... has llorado —dijo.

—Estoy bien —respondió ella. Elevó la zanahoria, y el caballo se la arrebató de la mano.

—¿Qué ha pasado? —insistió él, haciendo que se volviera.

—Es mi madre.

—¿Está enferma?

—No. Hemos hablado. Hemos hablado de verdad, quizá por primera vez en veintisiete años.

Había fragilidad en sus ojos. Phil se sintió como aquel día en el cementerio, protector y fuerte. Sin decir nada, la abrazó.

—¿Estás bien?

—Sí, estoy bien —dijo Tory, y cerró los ojos mientras apoyaba la cabeza en su hombro—. Realmente bien. Las cosas van a ser mucho más fáciles a partir de ahora.

—Me alegro —Phil la besó suavemente—. Si no te apetece hacer esto hoy...

—No te eches atrás, Kincaid —respondió Tory con una rápida sonrisa—. Has dicho que ibas a inmortalizarme, así que manos a la obra.

—Entonces, ve a arreglarte la cara —le dijo, y le dio un pellizco en la barbilla—. Yo lo prepararé todo.

Ella se dio la vuelta para seguir sus instrucciones, pero le dijo algo mientras se alejaba.

—No va a haber una segunda toma, así que tendrás que hacerlo bien a la primera.

Él disfrutó de la carcajada de Tory antes de volver al coche a tomar la cámara y la grabadora de sonido.

Más tarde, Tory frunció el ceño al ver el aparato.

—Dijiste que era una filmación. No dijiste nada del sonido.

—Es una cinta —la corrigió él, y la encuadró con mano experta—. Vamos, ensilla al caballo.

—Eres muy arrogante cuando haces películas, Kincaid.

Con calma, Tory le puso el bocado al caballo. Con movimientos competentes, colocó la silla en el lomo del animal. Phil pensó que tenía un talento innato. Ni nervios, ni gestos exagerados para la cámara. Él quería que hablara de nuevo. Lentamente, se movió para captar un ángulo nuevo.

—¿Vas a cenar conmigo esta noche?

—No lo sé —dijo Tory, mientras ajustaba las cinchas—. Ese filete frío que me diste ayer no era muy apetitoso.

—Esta noche pediré fiambre y cerveza —sugirió Phil—. Así no tendrá importancia cuándo cenemos.

Tory sonrió.

—Trato hecho.

—Eres fácil, sheriff.

—De eso nada —dijo ella, y se volvió hacia él mientras le rodeaba al caballo el cuello con el brazo—. Estoy esperando otra botella de champán francés muy pronto. ¿Por qué no me dejas jugar a mí con la cámara ahora y tú te colocas junto al caballo?

—Monta.

Tory arqueó una ceja.

—Eres un tipo duro, Kincaid —le dijo ella. Se agarró a la perilla y subió al caballo con un solo movimiento—. ¿Y ahora?

—Dirígete en la dirección que tomaste la primera vez que te vi montar. No te vayas demasiado lejos —añadió él—. Cuando vuelvas, mantén el galope. No le prestes atención a la cámara. Sólo monta.

—Tú eres el jefe —dijo ella—. Por el momento.

Con un golpe de talones, Tory puso a la carrera al caballo.

Al instante, sintió euforia. El caballo quería correr, así que Tory le dejó que se desahogara mientras el aire caliente le golpeaba la cara y el pelo. Como antes, se dirigió hacia las montañas. No había necesidad de escapar en aquella ocasión, sólo el placer de moverse deprisa. El poder y la fuerza que llevaba debajo pusieron a prueba su habilidad.

Phil hizo un zoom con la cámara y la filmó mientras cabalgaba con su sobrio estilo. No había ostentación, sólo seguridad. Parecía que su cuerpo apenas se movía mientras el caballo levantaba polvo. Casi parecía que el caballo la conducía, pero su modo de sentarse, de llevar erguida la cabeza, demostraba que tenía el control.

Cuando se volvió, el caballo danzó en el mismo lugar durante un instante, todavía ansioso por correr. Echó hacia atrás la cabeza y elevó las patas delanteras en actitud de desafío. En el aire silencioso, calmado, Phil oyó la risa de Tory. El sonido le provocó escalofríos en la espalda.

«Magnífica», pensó él, mientras la filmaba. Era absolutamente magnífica. No lo estaba mirando. Era evidente que no se acordaba de la cámara. Tenía la cara elevada hacia el sol y el cielo, mientras dominaba a aquel caballo temperamental con aparente facilidad. Cuando volvió hacia él, comenzó un galope que creció en velocidad.

El caballo estiraba y encogía las patas, dejando atrás una nube de polvo. Tras ellos había un terreno árido de poco más que piedras y tierra, con las montañas rocosas en la distancia. Era Eva, pensó Phil. La única mujer. Y si aquel paraíso de Eva era duro y desolado, ella lo regía a su estilo.

Una vez, como si se acordara de que él estaba allí, Tory miró hacia arriba, directamente a la cámara. Su cara llenó la lente, y ella sonrió. A Phil se le humedecieron las palmas de las manos. Si un hombre tuviera una mujer como aquélla, pensó de repente, no necesitaría nada más ni a nadie más. La única mujer, pensó de nuevo, y sacudió la cabeza para aclarársela.

Con un tirón de las riendas, Tory hizo que el caballo se detuviera. Automáticamente se inclinó para darle unas palmaditas en el cuello.

—¿Y bien, Hollywood? —le preguntó perezosamente.

Phil sabía que todavía no tenía el control de sí mismo, así que mantuvo la cámara fija en ella.

—¿Es eso lo mejor que puedes hacer?

Ella se echó el pelo hacia atrás.

—¿Qué tenías en mente?

—¿No vas a hacer ningún malabarismo? —le preguntó, moviéndose alrededor del caballo para cambiar de ángulo.

Tory lo miró con una expresión divertida.

—Si quieres ver a alguien subido al lomo del caballo con un solo pie, vete al circo.

—Podrías hacer un par de saltos, si eres capaz.

Mientras le revolvía las crines rubias al caballo, soltó una carcajada.

—Creía que querías que montara, no que ganara un lazo azul —dijo. Sonriendo, hizo que el caballo se diera la vuelta—. Pero está bien.

Se acercó a la valla del corral y el caballo saltó con un poderoso impulso.

—¿Vale así?

—Otra vez —le pidió Phil, y se arrodilló.

Tory se encogió de hombros y saltó de nuevo la valla. Phil bajó la cámara por primera vez y se protegió los ojos del sol con la palma de la mano.

—Si el caballo sabe hacer eso, ¿cómo es que no se escapa?

—Sabe lo que es una cosa buena cuando la tiene —dijo Tory, dejando que el animal brincara un poco mientras le acariciaba el cuello—. Ahora se está luciendo para la cámara. ¿Ha valido, Kincaid?

Él elevó la cámara de nuevo y la enfocó.

—¿Es todo lo que sabes hacer?

—Bueno... —Tory pensó un momento, y después sonrió—. ¿Qué te parece esto?

Mantuvo sujetas las riendas con una mano, y con la otra comenzó a desabotonarse la blusa.

—Me gusta.

Después de tres botones, Tory se detuvo, y se rió.

—No quiero que pierdas la calificación para todos los públicos —dijo. Pasó una pierna por encima de la silla y desmontó.

—Es una película privada —le recordó él—. Los censores no la verán nunca.

Ella sacudió la cabeza.

—Vamos, guarda tu juguete, Kincaid —le dijo, mientras rodeaba al caballo y comenzaba a aflojarle las cinchas.

—Mírame un minuto —le pidió él, y con una media sonrisa, Tory lo complació—. Dios, qué cara. De un modo u otro, voy a ponerla en la pantalla.

—Olvídalo —dijo ella, y puso la silla sobre la cerca—. A menos que empieces a filmar juicios.

—Puedo ser muy persistente.

—Puedo ser muy cabezota —replicó ella. El caballo obedeció sus órdenes y entró al corral al trote.

Después de guardar el equipo en el maletero del coche, Phil se dio la vuelta y la abrazó. Sin una palabra, sus bocas se encontraron con un placer mutuo.

—Si hubiera alguna forma —murmuró él, mientras escondía la cabeza entre su pelo— de poder estar solos unos días, lejos de todo...

Tory cerró los ojos, con una punzada de deseo... y de dolor.

—Obligaciones, Phil —le dijo ella con calma—. Los dos tenemos que trabajar.

Él tuvo ganas de mandarlo todo al infierno, pero sabía que no podía hacerlo. Además de las obligaciones, estaba el acuerdo al que los dos habían llegado al principio.

—Si te llamara en Albuquerque, ¿querrías verme?

Ella titubeó. Era algo que quería y que temía, al mismo tiempo.

—Sí.

De repente, Tory se dio cuenta de que estaba sufriendo. Durante un momento se quedó inmóvil, asimilando aquella inesperada sensación.

—Phil, bésame otra vez.

Ella encontró su boca rápidamente y dejó que el calor y el placer del beso mitigaran el dolor. Todavía les quedaban unas preciosas semanas, se dijo mientras lo abrazaba. Todavía quedaba tiempo antes de… Con un gemido, se apretó contra él, intentando que su mente quedara en blanco. Hubo un suspiro, y un temblor, antes de que Tory apoyara la cabeza en su hombro.

—Tengo que guardar los arreos —murmuró. Respiró profundamente, se apartó de él y sonrió—. ¿Por qué no eres todo un hombre y llevas la silla?

—Los directores no llevan equipo —le dijo él, mientras intentaba sujetarla.

—Vamos, Kincaid —dijo ella, poniéndose las riendas al hombro—. Tienes algunos músculos grandes.

—¿De veras? —preguntó él, y sonriendo, tomó la silla y siguió a Tory hasta el establo.

—Ahí —le dijo ella, mientras caminaba por el suelo de cemento para colgar las riendas en un gancho de la pared.

Phil colocó la montura donde ella le había indicado y se dio la vuelta. El establo era grande y tenía el techo muy alto, y estaba muy fresco.

—¿No hay animales? —preguntó.

—Mi madre tiene unas cuantas cabezas de ganado —le explicó Tory—. Están pastando. Teníamos más caballos, pero ella no monta mucho —dijo, y encogió un hombro—. Justice tiene todo el sitio para él solo.

—Nunca había estado en un establo.

—Un niño con carencias.

Él le lanzó una mirada por encima del hombro mientras caminaba por el establo.

—No esperaba que estuviera tan limpio.

Tory se rió.

—Mi madre tiene una *vendetta* contra la suciedad —le dijo ella.

Phil encontró la escalera y probó su resistencia.

—¿Qué hay ahí arriba?

—Heno —respondió Tory—. ¿Has visto alguna vez el heno?

—No seas listilla —le dijo él, mientras comenzaba a subir. A Tory, su fascinación le pareció dulce, y reunió fuerzas para subir con él.

—La vista es increíble.

En pie, junto a la ventana lateral, Phil veía kilómetros de distancia. El pueblo de Friendly parecía casi limpio y ordenado en la lejanía.

—Yo subía mucho aquí —dijo Tory, mirando por encima de su hombro hacia el horizonte.

—¿Y qué hacías?

—Ver pasar el mundo —dijo, asintiendo hacia Friendly—. O dormir.

Phil se rió y se volvió hacia ella.

—Eres la única persona que conozco que puede convertir el dormir en un arte.

—He dedicado gran parte de mi vida a conseguirlo —dijo, y le tomó de la mano para llevárselo de allí.

Sin embargo, él tiró de ella hacia un rincón oscuro.

—Hay algo que siempre he querido hacer en un pajar.

Ella soltó una carcajada y se alejó.

—Phil, mi madre está en la casa.

—No está aquí —dijo él. Enganchó una mano en el escote de su camisa y, de un tirón, la atrajo hacia sí.

—Phil...

—Debe de haber sido por llevar la montura —murmuró, y la empujó suavemente para tirarla de espaldas a una pila de heno.

—Espera un minuto —dijo ella. Se incorporó y se apoyó en ambos codos.

—Y el entorno rústico —añadió, mientras se tendía sobre ella—. Si yo estuviera dirigiendo esta escena, comenzaría así —le dijo, y la besó con un calor que convirtió la protesta de Tory en un gemido—. La iluminación sería como un rayo de sol que entraría por allí y caería aquí —dijo, acariciándole con un dedo desde la oreja hasta la hendidura de entre los pechos—. Todo lo demás sería de un dorado suave, como tu piel.

Ella lo empujó por los hombros, aunque le latía el corazón con fuerza.

—Phil, no es momento.

Él le dio dos besos ligeros en la comisura de los labios. Le resultó excitante tener que convencerla. Con la ligereza de la brisa, deslizó la mano bajo su camisa hasta que encontró uno de sus senos con los dedos. El pezón ya estaba erecto. Con su caricia, sus ojos perdieron el enfoque y se oscurecieron. Sus manos perdieron resistencia en los hombros de Phil.

—Eres tan sensible… —murmuró él, mientras observaba los cambios en su semblante—. Me vuelve loco saber que cuando te acaricio así se te derriten los huesos y eres completamente mía.

Mientras acariciaba y rozaba con los dedos, inclinó la cara hacia ella y le mordió con delicadeza los labios dóciles. «Fuerte, decidida, independiente». Aquéllas eran palabras que él habría usado para describirla, y sin embargo sabía, cuando estaban juntos de aquel modo, que él tenía poder para moldearla. Incluso en aquel momento, mientras ella lo abrazaba con fuerza, Phil sintió la debilidad apoderándose de él en espesas oleadas. Era a la vez aterrador e irresistible.

Él habría sido incapaz de negarle cualquier cosa que ella quisiera pedirle. Cuando estaban entrelazados de un modo tan íntimo, ni siquiera podía considerarse que sus pensamientos le pertenecieran. Le desabrochó el resto de los botones de la camisa con los dedos temblorosos. Ya debería estar acostumbrado a ella, se dijo mientras buscaba la piel delicada de su cuello, casi salvajemente. No debería ser tan intenso siempre que comenzaba a hacerle el amor. Cada vez se decía que la desesperación cesaría; sin embargo, volvía, el doble, el triple, hasta que él estaba completamente perdido en ella.

Ya sólo estaba ella, sobre el olor limpio del heno. Su fragancia sutilmente atrayente era un contraste demasiado excitante como para soportarlo. Ella estaba murmurándole mientras le sacaba la camisa por la cabeza. El sonido de su voz latía en su organismo. El sol entró por la ventana y le acarició la espalda desnuda, pero él sólo sentía las caricias frescas de sus dedos mientras Tory le urgía para que unieran sus cuerpos.

Él la devoró con los labios mientras le bajaba los pantalones vaqueros por las caderas. Ávidamente se movió hacia su garganta, sus hombros, sus pechos, ansioso de percibir todos sus sabores mientras hacía que su piel ardiera. Ella se quedó desnuda salvo por la breve braguita. Él metió los dedos por debajo y los atormentó a los dos bajándola centímetro a centímetro mientras seguía su progreso con los labios.

El placer se convirtió en algo imposible de controlar. Él comenzó un viaje ardiente hacia arriba, mientras se desabotonaba los vaqueros para que ella pudiera quitárselos con impaciencia.

Tory lo desnudó rápidamente, mientras le acariciaba la piel con los labios. Aquel súbito cambio de la docilidad a la autoridad dejó a Phil asombrado. Entonces, él se quedó bajo ella, y ella se colocó a horcajadas sobre él mientras sus labios y sus dientes hacían magia en el pulso de su garganta. Más allá de la razón, él la tomó por las caderas y la levantó. Tory emitió un gemido cuando sus cuerpos se unieron. Sumida en el placer, echó la cabeza hacia atrás y permitió que aquella nueva euforia la guiara. Tenía la piel brillante de humedad cuando llegó al clímax. En medio del delirio, comenzó a deslizarse hacia él, pero él la hizo rodar y la atrapó bajo su cuerpo para llevarla a otra cima, más alta que la primera.

Se quedaron tendidos, carne húmeda contra carne húmeda, con la respiración entrecortada. Tory sentía una alegría tan completa que notó el picor de las lágrimas en los ojos. Rápidamente, parpadeó para reprimirlas, mientras le besaba a Phil el hombro.

—Supongo que hay más cosas que hacer en un pajar que dormir.

Phil se echó a reír. Se tumbó boca arriba y la abrazó contra su costado para poder robar unos pocos momentos con ella a solas.

CAPÍTULO 11

Una de las escenas finales que iban a filmar era una secuencia de una noche tensa en el bar de Hernández. Phil había decidido rodar de noche para ambientar mejor a los actores y mantener el realismo descarnado de la película. Era una escena cargada de emoción que lo perdería todo si se sobreactuaba. Y desde el principio, pareció que nada salía bien.

El equipo de sonido falló dos veces y provocó largos retrasos. Una actriz secundaria con mucha experiencia se confundió en varias ocasiones durante su parte y finalmente se marchó del plató maldiciéndose a sí misma. Explotó una bombilla, y el estallido envió añicos de cristal en todas direcciones. Hubo que recogerlos minuciosamente. Y, por primera vez desde que había empezado el rodaje, Phil tuvo que tratar con una Marlie poco colaboradora.

—Vamos a ver —dijo, tomándola del brazo para llevársela a un rincón—. ¿Qué demonios te pasa?

—No puedo hacerlo bien —respondió ella furiosamente. Con las manos en las caderas, caminó unos cuantos pasos y dio una patada en el suelo—. Demonios, Phil, la escena no funciona.

—Mira, llevamos con esto más de dos horas. Todo el mundo está un poco harto.

Él mismo estaba a punto de perder la paciencia. En dos días, como máximo, tendría que volver a California. Debería estar contento porque la mayor parte de la película estaba filmada, y las tomas eran excelentes. Sin embargo, se sentía tenso, irritable y con ganas de ventilar su mal humor con alguien.

—Haz el favor de concentrarte —le dijo desagradablemente a Marlie—, y termínalo.

—¡No, espera un minuto, maldita sea! He hecho incontables tomas porque tú querías en ese bar que apesta a sudor en este pueblo en medio de la nada porque este guión es magnífico. He trabajado como una mula porque este papel es mi gran oportunidad, y lo conozco hasta las entrañas. Y hay algo que no funciona en esta escena.

—Está bien —dijo él con un suspiro—. ¿Qué es lo que no funciona?

Ella sonrió.

—Quería trabajar contigo —le dijo—, porque eres el mejor hoy en día. No creía que fueras a caerme bien

—añadió—. De acuerdo —continuó con profesionalidad—. Cuando Sam me sigue fuera del bar, me agarra, pierde el control y se pone furioso. Todo lo que ha estado conteniendo estalla. Su diálogo es muy duro.

—Tú has estado provocándolo desde que llegó al pueblo —le recordó Phil, repasando la escena mentalmente—. Ya ha tenido suficiente. Después de esa escena, te va a llevar a tu habitación para hacer el amor contigo. Tú ganas.

¿De verdad? Mi personaje es una mujer dura. Y tiene razones para serlo. También tiene un lado vulnerable que impide al espectador sentir desprecio por ella, pero no es pan comido.

—¿Y?

—Así que él me sigue, me llama vagabunda, furcia ladrona, entre otras cosas, ¿y yo me limito a aceptarlo, con los ojos llenos de lágrimas y de asombro?

Phil reflexionó sobre ello, con una pequeña sonrisa.

—¿Qué harías tú?

—Yo le daría un puñetazo en la boca al muy imbécil.

La risa de Phil resonó por toda la calle.

—Sí, supongo que tú harías eso.

—Quizá derramaría algunas lágrimas —continuó Marlie—, pero también me pondría furiosa. Ella está muy cerca de ser lo que él ha dicho que es, y lo detesta. Y lo odia a él, por hacer que sea importante.

Phil asintió, pensando en las variaciones y los án-

gulos de cámara. Con el ceño fruncido, llamó a Sam
y le explicó el cambio.

—¿Y podrás hacerlo sin romperme los dientes? —le
preguntó Sam a Marlie.

Ella sonrió.

—Quizá.

—Después de que te golpee —intervino Phil—, man-
tened silencio durante unos diez segundos. Tú te
limpias la boca con el dorso de la mano, lentamente,
sin dejar de mirarla a los ojos. Vamos a empezar
cuando Marlie sale del bar. ¡Bicks!

Phil se alejó de sus actores para hablar con su director de fotografía.

Mientras rodaban la escena, Phil sintió una inyec-
ción de adrenalina. También podía verla en los ojos
de Marlie, en la postura de su cuerpo cuando salió
por la puerta del bar a la acera. Cuando Sam la agarró, en vez de dejarse girar por él, se dio la vuelta hacia él. Su estado de ánimo debió de contagiársele a él
también, porque sus frases se hicieron más duras, más
emocionales. Antes no había nada más en aquella escena que la ira del hombre; ahora también existía la
de la mujer. La sexualidad contenida estaba presente.
Cuando ella lo golpeó, todos en el plató contuvieron
la respiración. El gesto fue completamente inesperado y completamente propio del personaje. Phil casi
podía sentir el deseo de Sam de devolverle el golpe,
y su incapacidad para hacerlo. Ella lo retó a que lo

hiciera, pero él se limpió la boca sin apartar los ojos de ella.

—¡Corten! —dijo Phil con entusiasmo, mientras se acercaba y agarraba a Marlie por los hombros. La besó con fuerza—. ¡Fantástico! —exclamó, y volvió a besarla—. Fantástico.

Después le sonrió a Sam.

—No intentes eso conmigo —le advirtió Sam, acariciándose el labio inferior—. Marlie me ha dado un buen puñetazo. ¿No sabías que se puede desviar el puño antes de hacer contacto? —le preguntó—. Es cine, ¿sabes?

—Me he dejado llevar.

—He estado a punto de devolverte el mamporro.

—Lo sé —respondió ella, riéndose.

—Está bien, vamos a seguir desde aquí —dijo Phil, y se acercó de nuevo al cámara—. ¡Preparados!

—¿Y no podemos empezar justo antes del puñetazo? —preguntó Marlie, sonriéndole a Sam—. Me daría continuidad con el resto de la escena.

—¡Rodando! —dijo Sam.

Tory estaba en su oficina, leyendo atentamente una carta larga y detallada de uno de sus colegas abogados. El caso iba a ir al juzgado, pensó con un gesto ceñudo. Quizá tardara dos meses, o más, pero aquel caso no iba a resolverse fuera de los tribunales. Aunque normalmente habría preferido llegar a un acuerdo extrajudicial, comenzó a sentir un cosquilleo de emoción. Llevaba demasiado tiempo apartada de su trabajo. Volvería en un mes a Albuquerque, y quería, necesitaba, algo complicado y que le ocupara la mayor parte del tiempo cuando regresara.

Cuando se marchara de Friendly en aquella ocasión, tendría que hacer ciertos ajustes. Cuando dejara a Phil. No; en realidad, él iba a marcharse primero, al día siguiente, o al otro. Era horriblemente fácil ver el agujero que estaba empezando a formarse en su vida. Tory se dijo que no debía pensar en ello. Las reglas habían quedado claras desde el principio, para los dos. Si las cosas habían empezado a cambiar para ella, sólo tenía que dar marcha atrás y reordenar sus prioridades. Su trabajo, su carrera, su vida. En aquel momento, aquel adjetivo posesivo le resultaba totalmente vacío. Sacudió la cabeza y comenzó a leer la carta por segunda vez.

Merle paseaba por la oficina, lanzándole miradas a Tory de vez en cuando. Había quedado con Marlie en que se verían allí después de que ella terminara de trabajar. Lo que no esperaba era que Tory se quedara pegada a su silla toda la noche. Merle no sabía cómo echar a su jefa y quedarse con la oficina para él solo. Miró por la ventana y vio que los focos del rodaje se habían apagado. Carraspeó y se volvió hacia Tory.

—Supongo que estarás cansada.

—Mmm.

—Las cosas están muy tranquilas esta noche.

—Mmm, mmm —murmuró Tory, y comenzó a tomar notas en su cuaderno legal.

—¿Por qué no te vas a casa a descansar?

Tory continuó escribiendo.

—¿Estás intentando librarte de mí, Merle T.?

—Bueno, no... ah...

—¿Tienes una cita? —le preguntó Tory, mientras continuaba escribiendo el esquema de la carta de contestación.

—Más o menos. Bueno, sí.

—Entonces, vete.

—Pero...

Él se quedó callado, y Tory lo miró con afecto.

—¿Con Marlie?

—Sí.

—¿Cómo te vas a sentir cuando se marche?

Merle se encogió de hombros y miró hacia la ventana de nuevo.

—Supongo que la echaré de menos. Es una mujer estupenda.

Su tono de voz asombró a Tory. No era de tristeza, sino de aceptación calmada. Ella se rió y volvió a sus notas. Era raro, pensó. Parecía como si sus reacciones se hubieran revertido en algún momento.

—No tienes por qué quedarte aquí, Merle. Si tenías planeado salir a cenar...

—Sí. Aquí.

Ella lo miró de nuevo.

—Oh, entiendo —dijo, sin poder reprimir una sonrisa—. Parece que estoy estorbando.

Él arrastró los pies con incomodidad.

—Vaya, Tory.

—No pasa nada —dijo ella, levantándose—. Me doy cuenta de cuando sobro. Volveré a mi habitación y haré todo este trabajo yo sola —añadió, bromeando.

Merle se debatió entre la lealtad y el egoísmo mientras Tory recogía sus cosas.

—Puedes cenar con nosotros —le sugirió con galantería.

Tory dejó los papeles y rodeó el escritorio. Le puso las manos sobre los hombros y le besó ambas mejillas.

—Merle T. —le dijo—, eres una joya.

Complacido, él sonrió. Justo en aquel momento se abrió la puerta de la calle.

—Lo que te decía, Phil —dijo Marlie al entrar—. Las mujeres bellas no pueden alejarse de él. Va a tener que retirarse, sheriff —le dijo a Tory, mientras enlazaba su brazo con el de Merle—. Yo soy la primera hoy.

—¿Qué te parece si os la quito de encima? —sugirió Phil—. Es lo menos que puedo hacer, después de esa última escena.

—Este hombre es todo generosidad —le susurró Marlie a Tory—. Ningún sacrificio es demasiado grande para su gente.

Tory soltó un resoplido y se volvió hacia el escritorio.

—Puede que le deje que me invite a una cerveza —dijo mientras metía los papeles a su maletín—. Y a cenar —añadió, mirándolo.

—A lo mejor puedo conseguir algo de fiambre —murmuró Phil.

La carcajada suave y apreciativa de Tory fue interrumpida por el teléfono.

—Comisaría —dijo ella, y automáticamente, al oír la voz nerviosa del otro lado de la línea, suspiró—. Sí, señor Potts —dijo. Merle gruñó, pero ella le hizo caso omiso—. Entiendo. ¿Qué clase de ruido? ¿Y todas las puertas y ventanas de su casa están cerradas? No, señor Potts, no quiero que salga con su escopeta. Sí, sé que un hombre tiene que defender su propiedad —Merle emitió un sonido sarcástico y Tory lo miró fijamente—. No se preocupe, me encargaré yo. Estaré ahí en diez minutos. No, no haré ruido. Espéreme dentro de su casa.

—Ladrones de ovejas —murmuró Merle mientras Tory colgaba.

—Ladrones que quieren entrar en su casa —lo corrigió ella, y abrió el primer cajón del escritorio.

—¿Y qué vas a hacer con eso? —le preguntó Phil cuando vio que Tory sacaba el revólver.

—Espero que nada —dijo. Con calma, comenzó a cargar la pistola.

—Entonces, ¿por qué la estás...? Espera un minuto —dijo él—. ¿Es que esa maldita cosa no estaba cargada?

—Claro que no —respondió Tory, y metió la última bala—. Nadie en su sano juicio tendría una pistola cargada en un cajón sin llave.

—¿Me metiste en esa celda con un arma descargada?

Ella le sonrió perezosamente mientras se ponía una funda de pistola a la cintura.

—Estabas tan mono, Kincaid.

Él dio un paso hacia ella.

—¿Y qué habrías hecho si yo no te hubiera obedecido?

—Todas las probabilidades estaban a mi favor —le recordó ella—. Pero se me habría ocurrido algo. Merle, vigila las cosas hasta que yo vuelva.

—Estás perdiendo el tiempo.

—Es parte del trabajo.

—Si es una pérdida de tiempo —intervino Phil, deteniéndola en la puerta—, ¿por qué te llevas la pistola?

—Porque impresiona —respondió Tory mientras salía.

—Tory, no vas a ir a un rancho de ovejas con una pistola en la cadera como si fueras Belle Starr.

—Belle Starr estaba en el bando equivocado.

—Tory, ¡lo digo en serio! —exclamó Phil furiosamente. Se puso delante de ella para cortarle el camino al coche.

—Mira, he dicho que llegaría en diez minutos. Ya voy a tener que conducir como una loca, así que no me hagas perder más el tiempo.

Él no cedió.

—¿Y qué pasa si hay alguien en el rancho?

—Ése es el motivo por el que voy a ir.

Cuando ella puso la mano sobre el pasador del coche, Phil dijo con firmeza:

—Voy contigo.

Ella lo observó con los ojos entrecerrados. Al ver su expresión, supo que no habría forma de que entrara en razón.

—De acuerdo. Te nombro ayudante del sheriff temporalmente. Entra al coche y haz lo que yo te diga.

Phil arqueó una ceja debido al tono de voz de Tory. Sin embargo, la idea de que ella se fuera sola a un rancho aislado con una pistola por toda compañía hizo que se tragara el orgullo. Phil entró al coche.

—¿Y no me das una placa? —le preguntó a Tory cuando ella arrancaba el motor.

—Usa la imaginación —le aconsejó.

Tory condujo a velocidad tranquila hasta que llegó a los límites del pueblo. Cuando dejó los edificios atrás, Phil vio el indicador de velocidad con creciente inquietud. Ella manejaba el volante de un modo relajado y competente. El aire que entraba por la ventanilla le removía salvajemente el pelo, pero su expresión era de calma.

Phil sabía que Tory no creía que sucediera nada, pero también sabía que si sospechara lo contrario, estaría haciendo exactamente lo mismo. Aquel pensamiento hizo que Phil sintiera temor. La funda negra que Tory llevaba a un lado contenía un arma de verdad, muy fea. Él no tenía por qué perseguir ladrones ni llevar armas. Ella no tenía por qué arriesgarse lo más mínimo. Maldijo la llamada de teléfono que le había dejado bien claro el peligro potencial que ella corría como sheriff de Friendly. Le había resultado más fácil creer que ella era una especie de figura decorativa, un árbitro que resolvía las riñas de una ciudad pequeña. La llamada de última hora y el arma lo habían cambiado todo.

—¿Y qué vas a hacer si tienes que usar esa cosa? —le preguntó de repente.

—Me ocuparé de eso cuando llegue el momento.

—¿Cuánto tiempo te queda de trabajo en el pueblo?

—Tres semanas.

—Estarás mejor en Albuquerque —murmuró él.

«Más segura», era lo que quería decir, pero no lo dijo. Tory recordó una ocasión en la que un cliente había estado a punto de estrangularla en la celda antes de que llegaran los guardias y lo redujeran. Pensó que era mejor no mencionárselo. Sin disminuir la velocidad del coche, tomó una curva a la derecha y entró en un camino estrecho de tierra. Phil soltó un juramento, porque el movimiento lo lanzó contra la puerta.

—Deberías haberte puesto el cinturón —le dijo ella.

La respuesta de Phil fue grosera y breve.

La casita del rancho tenía todas las luces encendidas. Tory se detuvo frente de ella con un chirrido de los frenos. Salió rápidamente del coche y subió al porche. Llamó con fuerza a la puerta, diciendo su nombre. Cuando Phil se unió a ella en el porche, la puerta se abrió un poco.

—Señor Potts —dijo ella.

—¿Quién es él? —preguntó el anciano por la rendija.

—Un nuevo ayudante —le dijo Tory—. Vamos a registrar la zona y el exterior de la casa.

Potts abrió un poco más y dejó ver una cara arrugada y una escopeta negra y brillante.

—Los he oído en los arbustos.

—Nos ocuparemos de ellos, señor Potts —le dijo Tory, y puso las manos en la culata de su arma—. ¿Por qué no me deja esto por el momento?

Potts sostuvo la escopeta con fuerza.

—Necesito defenderme.

—Sí, pero no están en la casa —le recordó ella amablemente—. Esto me vendría muy bien aquí fuera.

Él vaciló, pero finalmente le entregó el arma.

—Ambos cañones —le dijo, y después cerró de un portazo. Tory oyó cómo corría el triple cerrojo.

—Éste no es el típico ancianito amable —comentó Phil.

Tory sacó las dos balas de la escopeta.

—Lleva solo demasiado tiempo —dijo ella—. Vamos a echar un vistazo.

—Vamos a atraparlos, sheriff.

Ella contuvo la risa.

—Procura no entorpecerme, Kincaid.

Lo considerara una falsa alarma o no, Phil se dio cuenta de que Tory era muy concienzuda. Con la escopeta descargada en una mano y una linterna en la otra, miró todas las ventanas y las puertas de la vieja casa. Como iba mirándola, Phil se tropezó con una pila de botes de pintura vacíos y montó un gran escándalo. Soltó un juramento, y Tory se volvió a mirarlo.

—Te mueves como un gato, Kincaid —le dijo admirativamente.

—Ese hombre tiene basura amontonada por todas partes —replicó él—. Los ladrones no tienen ni la más mínima oportunidad.

Tory volvió a contener la risa y siguió. Rodearon la casa, esquivando los obstáculos de Potts, viejas piezas de coche, leña y herramientas oxidadas. Cuando hubo comprobado con satisfacción que nadie había intentado allanar la casa desde hacía al menos veinticinco años, Tory amplió el círculo hacia el terreno circundante.

—Es una pérdida de tiempo —murmuró Phil, repitiendo lo que había dicho Merle.

—Entonces, vamos a perderlo como es debido.

Tory iluminó la hierba con la linterna mientras continuaban caminado. Phil siguió a su lado con resignación. Había maneras mejores de pasar una noche calurosa de verano. Y la luna estaba llena. Puro blanco, pensó mientras la miraba. Fresca y llena de promesas. Quería hacerle el amor a Tory bajo aquella luna, al aire calmado y caliente, con nada ni nadie a kilómetros a la redonda. El deseo se adueñó de él repentinamente, con intensidad, como si fuera una oleada que lo dejó anonadado.

—Tory —murmuró, poniéndole una mano en el hombro.

—¡Shh!

La orden fue muy seria. Él notó que ella se ponía rígida bajo su mano. Tenía los ojos fijos en un arbusto, frente a ellos. Cuando él abrió la boca para decir algo impaciente, vio un movimiento en el arbusto. Le apretó el hombro con los dedos y se colocó delante de ella automáticamente, en un gesto de protección tan instintivo que ninguno de los dos se dio cuenta. Observaron el arbusto en silencio.

Hubo un ligero sonido, un mero susurro en el aire, pero a Tory se le erizó el vello del cuerpo. Las hojas secas de la planta crujieron suavemente durante unos instantes, y se movieron. Ella se metió la mano al bolsillo, sacó las balas y cargó de nuevo la escopeta. La luna arrancó destellos del metal negro. Tory tenía las manos firmes, y Phil estaba listo para saltar hacia delante. Tory apuntó con el arma hacia la luna y disparó ambos cañones. El sonido rompió el silencio de la noche.

Con un balido de terror, la oveja que estaba pastando distraídamente detrás del arbusto salió corriendo. Phil y Tory observaron, sin decir una palabra, el borrón blanco y sucio que corría desenfrenadamente hacia la oscuridad.

—Otro criminal desesperado que huye de la ley —comentó Tory.

Phil estalló en carcajadas mientras notaba cómo se le relajaban todos los músculos del cuerpo.

Como la mano con la que sujetaba la escopeta le temblaba, ella bajó el arma. Tragó saliva. Tenía la garganta seca.

—Bueno, vamos a decirle a Potts que su casa y su rancho están a salvo. Después podemos ir a tomar esa cerveza.

Phil le puso las manos sobre los hombros y le miró la cara a la luz de la luna.

—¿Estás bien?

—Claro.

—Estás temblando.

—Eres tú —replicó ella, sonriéndole.

Phil le tomó la muñeca para comprobar la velocidad de su pulso.

—Te has asustado mucho —le dijo suavemente.

Tory asintió.

—Sí —dijo, y sonrió de nuevo, en aquella ocasión con más ganas—. ¿Y tú?

—Yo también —respondió él, y se rió. Después le dio un beso—. Creo que no me va a hacer falta la placa, después de todo —«Y no voy a volver a sentirme seguro hasta que tú te quites la tuya, también».

—Oh, no sé qué decirte, Kincaid —dijo Tory mientras dirigía la linterna hacia el camino de vuelta a la casa—. La primera noche de trabajo y ya has puesto a una oveja a la fuga.

—Vamos, devuélvele a ese hombre la escopeta y vayámonos de aquí.

Tory tuvo que hacer uso de su diplomacia durante diez minutos para convencer a Potts de que todo estaba bajo control. Más aplacado por el hecho de que Tory hubiera usado su escopeta que por la información de que el intruso era un miembro de su propio rebaño, volvió a encerrarse en casa. Después de ponerse en contacto con Merle por radio, Tory se puso en camino hacia el pueblo a una velocidad tranquila.

—Esto puede considerarse como un clímax apropiado a mi estancia en Friendly —comentó Phil—. Peligro y emoción durante la última noche en el pueblo.

Tory apretó el volante, pero consiguió mantener la misma velocidad.

—Te marchas mañana.

Él intentó buscar un tono de lamento en aquella afirmación, pero no lo halló. Se esforzó por imitar su tono, y continuó mirando por la ventanilla.

—Hemos terminado esta noche, con un día de antelación a lo previsto. Mañana saldré con el equipo de filmación. Quiero estar allí cuando Huffman vea la película.

—Claro —dijo ella. Sintió un agudo dolor, asombrosamente físico. Tuvo que hacer un esfuerzo por no gemir—. Y me imagino que todavía te queda mucho trabajo por hacer.

—Las escenas de estudio —asintió él, luchando por ignorar el sentimiento de pánico y desolación—. Después hay que editar, mezclar… supongo que tú también vas a tener un horario apretado cuando vuelvas a Albuquerque.

—Eso parece —dijo Tory, mirando hacia la carretera. Era recta, sin curvas, sin colinas. Sin final. Se mordió el interior del labio hasta que estuvo segura de que podía continuar—. Estoy pensando en contratar a un nuevo ayudante.

—Buena idea —dijo él—. Seguro que tu número de casos no va a disminuir.

—No. Creo que me llevará seis meses de trabajo concentrado volver a tomar el control de la situación. Tú, seguramente, empezarás una película nueva en cuanto ésta esté terminada.

—Ya están haciendo el casting —murmuró Phil—. Voy a producirla yo.

Tory sonrió.

—¿Nada de aseguradoras?

Phil respondió a su sonrisa.

—Ya veremos.

Siguieron durante otro kilómetro en silencio. Tory aminoró la velocidad y tomó un camino de tierra. Después de un minuto, frenó. Phil miró a su alrededor, a nada en particular, y después se volvió hacia ella.

—¿Qué estamos haciendo?

—Aparcar.

Tory se movió hacia él y le rodeó el cuello con los brazos.

—¿No es ilegal usar un coche oficial con un propósito ilícito?

—Pagaré la multa por la mañana —dijo ella, y silenció su risa con un beso profundo, desesperado.

Como si se hubieran puesto de acuerdo, hicieron las cosas lentamente. Todo placer, todo deseo, se concentró en saborear al otro. Los labios, los dientes y las lenguas les urgían a darse prisa, pero ellos querían satisfacerse sólo con la boca, al principio. Los labios de Tory eran dóciles, sedosos, y le provocaban a Phil un deseo salvaje, loco, mientras ella mantenía prisionera su boca. Él no la tocó en ningún otro sitio. Aquel sabor a miel picante, aquella textura de satén caliente, vivirían en él para siempre.

Tory recorrió su cara con los labios. Conocía todos sus ángulos, sus líneas, más íntimamente que su propio rostro. Podía verlo perfectamente con los ojos cerrados, y supo que sólo tendría que cerrar los ojos otra vez, en un año, en diez años, para tener la misma imagen en la mente. Sin pensar, deslizó los dedos por su camisa y comenzó a desabotonársela. Cuando su pecho estuvo descubierto, Tory extendió ambas manos en él y sintió que Phil se estremecía. Después unió su boca de nuevo, seductoramente, con la de él.

Las yemas de sus dedos dejaron un camino fresco sobre su piel desnuda. Su boca lo atrajo hasta que la cabeza comenzó a darle vueltas. Su respiración entrecortada susurró en el aire nocturno. Él quería tenerla más cerca y se movió, maldiciendo el espacio pequeño del coche. La agarró, se la colocó en el regazo y escondió la cabeza en su cuello. Se alimentó allí, hambriento de ella, hasta que Tory gimió y le colocó una de las manos en el pecho. Con lentitud, él le abrió la camisa y le acarició la piel hasta dejarla expuesta. Después, con las yemas de los dedos, la llevó a la desesperación.

El roce insistente de su pulgar en el pezón le producía punzadas de un dolor exquisito, tan agudo que ella gimió y lo atrajo hacia sí. Abierta, hambrienta, su boca se fijó en la de él mientras Tory se esforzaba en acariciar más y más. Su posición lo hacía imposible, pero su cuerpo era de él. Phil lo recorrió con las manos hasta llegar a la cintura de su pantalón vaquero. Se lo abrió y deslizó la mano en sus secretos cálidos y húmedos. Se apoderó de su boca para beberse sus gemidos

Tory forcejeó, enloquecida por la restricción del espacio, loca de deseo, mientras él la excitaba más allá de la cordura. La mantuvo atrapada contra él, sabiendo que cuando ella lo tocara, él perdería el control. Aquella noche, pensó, aquella última noche, duraría hasta que no hubiera mañana.

Cuando ella llegó al clímax, él se elevó con ella, en medio de un delirio. No había ninguna mujer tan suave como ella, tan receptiva. A Phil le latía el corazón con fuerza mientras volvía a llevarla a lo más alto.

La lucha de Tory cesó. Se transformó en docilidad. Se quedó temblando, protegida en una cáscara de sensaciones. Ella era suya. Aunque su mente no era consciente de aquella entrega total, su cuerpo lo sabía. Había sido suya quizá desde el principio, quizá sólo durante aquellos momentos, pero ya no había vuelta atrás. El amor la invadió; el deseo la sació. No había otra cosa que la necesidad de poseer, de ser poseída, por un hombre.

Aquel cambio de Tory atravesó también a Phil. No podía cuestionarse nada, no podía analizar nada. Sólo sabía que debían unirse en aquel momento, mientras brillaba algo mágico. No tenía nada que ver con la luz de la luna que iluminaba el interior del coche, ni con el silencio que los envolvía. Sólo estaba relacionado con ellos y con el secreto que había crecido pese a sus protestas. Phil no pensó, no negó nada. Con una locura repentina, le quitó la ropa, y se quitó la ropa. Tenía que darse prisa antes de que lo que temblaba en aquellos confines diminutos se perdiera. Entonces, el cuerpo de Tory estaba bajo el suyo, fundido con el suyo, ansioso, exigente.

Phil la tomó en el asiento del coche, como si fuera un adolescente apasionado. Se sintió como un hombre a quien hubieran regalado algo precioso, pero todavía irreconocible.

Un rato somnoliento, largo. Los rayos blancos de la luna traspasaban los párpados cerrados... el aire de la noche acariciando la piel desnuda. El silencio profundo y solitario, y la respiración lenta de la intimidad.

Tory estaba flotando en aquel lujoso espacio entre el sueño y la vigilia, tendida de costado en el estrecho asiento delantero, con el cuerpo encajado en el de Phil. Sus piernas estaban entrelazadas, sus brazos alrededor del otro, y él tenía la boca junto a su oreja. Su respiración cálida le rozaba la piel a Tory.

Tenían dos camas bastante cómodas en el hotel. Podrían haber ocupado cualquiera de las dos durante aquella última noche juntos, pero se habían quedado donde estaban, sobre un asiento de vinilo áspero, en una carretera oscura, en plena noche. Estaban completamente solos, y el amanecer todavía estaba lejos.

Se oyó el grito de un halcón al lanzarse en picado hacia la tierra. Algún animal pequeño chilló entre los arbustos. Tory abrió los ojos y vio los de Phil. A la luz de la luna, tenía los iris muy pálidos. No hubo necesidad de palabras. Tory lo besó. Hicieron el amor otra vez, lentamente, en silencio, con ternura.

Después volvieron a dormitar, sin querer admitir que la noche se les estaba escapando. Cuando Tory se despertó, había una ligera claridad en la oscuridad de la noche; no era luz, pero aquella textura indescriptible quería decir que la mañana se acercaba.

Pocas horas más, pensó, mirando al cielo a través de la ventanilla. Cuando amaneciera, todo habría terminado. En aquel momento, sentía el cuerpo cálido de Phil contra el suyo. Ella sabía que él tenía el sueño ligero. Sólo tendría que murmurar su nombre, y él se despertaría. Tory se quedó inmóvil. Durante unos preciosos momentos sólo quería experimentar la sensación de tenerlo dormido a su lado. No habría forma de impedir que el sol saliera por el este, ni de que su amante se alejara hacia el oeste. Ella tenía que aceptar lo segundo con tanta facilidad como aceptaba lo primero. Cerró los ojos y reunió fuerzas. Phil se movió en sueños, y ella lo oyó murmurar su nombre. Tory lo abrazó, y él se despertó, desorientado.

—Ya casi ha amanecido —le dijo ella en voz baja.

Phil miró hacia el cielo. Estaba más claro. Los primeros destellos rosados del amanecer habían aparecido en el horizonte. Durante un instante observaron en silencio el despertar del día.

—Hazme el amor otra vez —le susurró Tory—. Una vez más, antes del amanecer.

Él vio la necesidad en sus ojos, las ojeras que delataban la falta de sueño y el suave brillo de su piel, que le hablaban de una noche de amor. Atesoró aquella imagen en la mente, asegurándose de que no la perdería cuando el tiempo hubiera atenuado otros recuerdos. Después la besó, en una despedida agridulce.

El cielo se cubrió de azul. El horizonte se tiñó de color. El dorado se convirtió en lava escarlata y el amanecer estalló. Se amaron intensamente una última vez. Cuando llegó la mañana, se perdieron el uno en el otro, fingiendo que todavía era de noche. Donde él acariciaba, ella temblaba. Donde ella besaba, él sentía un cosquilleo, hasta que ninguno de los dos pudo controlar el deseo. El sol ya estaba en el cielo cuando se unieron, así que la luz los expuso sin piedad. Sin decir nada, se vistieron, y después volvieron al pueblo.

Cuando Tory se detuvo frente al hotel, tenía la sensación de que todo estaba bajo control otra vez.

Nada de lamentaciones, se recordó, mientras apagaba el motor. Habían llegado a la bifurcación del camino, y sabían que estaba allí cuando empezaron. Se volvió hacia Phil y sonrió.

—Es probable que hoy tengamos agujetas.

Él se rió; se inclinó hacia ella y le besó la barbilla.

—Ha merecido la pena.

—Acuérdate de eso cuando estés de vuelta a Los Ángeles, gimiendo por un baño caliente —dijo Tory, y salió del coche.

Cuando estuvieron en la acera, Phil la tomó de la mano. El contacto amenazó su compostura, pero ella consiguió dominarse.

—Voy a pensar en ti —le murmuró Phil cuando entraron al pequeño vestíbulo del hotel.

—Estarás muy ocupado —dijo ella, agarrándose a la barandilla mientras subían las escaleras.

—No tan ocupado como para no acordarme —dijo Phil, y la volvió hacia sí cuando llegaron al rellano—. No tanto, Tory —repitió.

La experiencia de los juicios llegó en ayuda de Tory. Estaba temblando por dentro, pero se las arregló para sonreír.

—Me alegro. Yo también pensaré en ti.

«Demasiado, y demasiado a menudo. Será demasiado doloroso».

—Si te llamo…

—Mi número está en la guía —lo interrumpió ella.

«Disimula», se dijo–. No te metas en líos, Kincaid –le dijo, mientras metía la llave en la cerradura.

–Tory.

Él se acercó, pero ella le bloqueó la entrada en la habitación.

–Prefiero que nos despidamos ahora –dijo, y con una sonrisa, le puso la mano en la mejilla–. Será más fácil, y creo que quiero dormir un par de horas antes de ir a la comisaría.

Phil la miró largamente, memorizando su rostro. Tenía una mirada directa, una sonrisa relajada. Era evidente que no quedaba más por decir.

–Si eso es lo que quieres…

Tory asintió, aunque ya no confiaba en sí misma.

–Que seas feliz, Phil –murmuró, y se encerró en su habitación. Con cuidado, cerró la puerta con llave antes de caminar hacia la cama. Allí, se tumbó, se acurrucó y lloró, lloró, lloró.

Se despertó a mediodía. Tenía un intenso dolor de cabeza. Se arrastró hasta el baño y se miró en el espejo. Estaba horrible. Se había quedado muy pálida y tenía los ojos hinchados. Dejó correr el agua del grifo hasta que estuvo helada y se lavó la cara. Cuando tuvo la piel entumecida, se desnudó y se metió bajo la ducha.

Decidió no tomar aspirina. Las pastillas mitigarían el dolor, y el dolor le impedía pensar con facilidad. Y pensar era lo último que necesitaba en aquel momento. Phil se había ido, había vuelto a su vida. Ella continuaría con la suya. El hecho de que se hubiera enamorado de él, en contra del sentido común, era sólo mala suerte. En unos días podría soportarlo mejor… «Y un cuerno», pensó mientras se secaba con una toalla áspera. «Has tenido una caída muy dura, y algunos moretones tardan años en desaparecer… si es que desaparecen».

Era irónico. Victoria L. Ashton, abogada, dedicada a enderezar la vida de otras personas, acababa de desorganizar la suya por completo. Y sin embargo, no había solución. Un trato era un trato.

«Phil, he decidido cambiar nuestro contrato. Las circunstancias han variado, y me he enamorado de ti. Propongo que incluyamos ciertas cláusulas, como el compromiso y el afecto mutuo en nuestro acuerdo, con opción al matrimonio y a los hijos, si ambas partes lo encuentran conveniente».

Soltó una carcajada seca mientras se ponía una camisa. Por supuesto, sólo tendría que colgarse de su cuello, llorosa, y suplicarle que no la dejara. ¿Y a qué hombre no le encantaría verse ante una mujer histérica que no le dejaba marchar?

Era mejor así, se dijo mientras se calzaba los pantalones vaqueros. Mucho mejor tener una separación limpia, civilizada. En voz alta, Tory dijo algo potente acerca del hecho de ser civilizado y se prendió la placa en la pechera de la camisa. Lo único que había decidido firmemente mientras lloraba la noche anterior era que había llegado el momento de dejar el trabajo en Friendly. Merle podía hacerse cargo de las responsabilidades de la comisaría durante las siguientes semanas sin problemas. Ella había aceptado la muerte de su padre, junto a su madre. Tenía confianza en que había podido ayudar a Tod en su situación familiar. Merle había madurado un poco. En resumen, Tory tenía la sensación de que ya no era necesaria. En Albuquerque podría poner en marcha su vida otra vez.

Naturalmente, tendría que hablar con el alcalde para hacer oficial su renuncia. Y tendría que visitar a su madre. Si pasaba el día entero poniendo a Merle al corriente de todo, podría marcharse a finales de aquella misma semana.

Su propia casa, pensó Tory, intentando sentir algo de emoción. El trabajo para el que se había preparado, un buen juicio que le llevara semanas de preparación y buenas dosis de energía. De repente, sintió que tenía mucha energía, y ningún sitio al que ir. Volvió al baño y se maquilló para disimular los efectos de las lágrimas. Después se cepilló el pelo. El primer paso era ir a hablar con el alcalde. No tenía sentido retrasarlo.

Tardó media hora en convencerlo de que hablaba en serio, y otros veinte de que Merle era capaz de hacer bien el trabajo hasta las elecciones.

—¿Sabes, Tory? —le dijo Bud, finalmente—. Vamos a lamentar mucho que te vayas. Creo que todos esperábamos que cambiaras de opinión y decidieras quedarte. Has sido una buena sheriff, y supongo que eso es algo innato en ti.

—Se lo agradezco mucho, de veras —dijo Tory. Él le tendió la mano, y ella se la estrechó, conmovida—. Pat Rowe y Nick Merriweather son hombres justos. Gane quien gane, el pueblo estará en buenas manos. Y en unos cuantos años, Merle será un buen sheriff.

—Si alguna vez cambias de opinión… —dijo Bud, queriendo dejar la puerta abierta.

—Gracias, pero mi sitio dentro del engranaje de la justicia no está en las fuerzas del orden. Tengo que volver a la abogacía.

—Lo sé, lo sé —dijo él con un suspiro, capitulando—. Has hecho más de lo que teníamos derecho a pedirte.

—He hecho lo que quería hacer —respondió ella.

—Supongo que las cosas estarán tranquilas durante un tiempo, sobre todo, ahora que se ha marchado el equipo de rodaje de la película —murmuró el alcalde, y miró por la ventana. Aquellas emociones, pensó, no estaban hechas para Friendly—. Ven a verme antes de irte del pueblo.

Cuando Tory salió a la calle, lo primero que notó fue la ausencia del equipo. No había camionetas, ni focos, ni gente. Friendly había recuperado su ritmo lento, como si nunca se hubiera alterado. Alguien había escrito algo en el polvo de la ventana de la oficina de correos. Un coche entró en la calle principal y se detuvo frente a la ferretería. Tory iba a cruzar hacia la comisaría, pero se detuvo al oír que la llamaban.

Se dio la vuelta y vio que Tod corría hacia ella.

—Tory, te he estado buscando.

—¿Ha pasado algo?

No —dijo él con una sonrisa que transformó su cara delgada—. Quería decirte que todo va muy bien. Mi padre… bueno, hemos estado hablando, ¿sabes? Y fuimos a ver a esa gente de la que nos hablaste.

—¿Y cómo fue?

—Vamos a volver. Mi madre también.

—Me alegro por ti —dijo Tory, y le acarició la mejilla con los nudillos—. Va a tomaros un tiempo, Tod. Todos tendréis que trabajar juntos.

—Lo sé, pero… —el chico la miró con los ojos muy abiertos, llenos de entusiasmo—. Mi padre me quiere. Yo creía que no. Y mi madre me ha preguntado si puedes venir un día a casa. Quiere darte las gracias.

—No hay ninguna necesidad.

—Ella quiere hacerlo.

—Lo intentaré —le dijo Tory, y titubeó. Aquella despedida iba a resultarle una de las más difíciles—. Me marcho en un par de días.

La expresión alegre del chico se desvaneció.

—¿Para siempre?

—Mi madre vive aquí —le recordó ella—. Mi padre está enterrado aquí. Volveré de vez en cuando.

—Pero no para vivir en Friendly.

—No —respondió Tory suavemente—. No para siempre.

Tory miró al suelo.

—Yo sabía que ibas a marcharte. Me parece que fui muy tonto ese día en tu oficina, cuando... —se quedó callado y se encogió de hombros, mientras seguía mirando hacia abajo.

—A mí no me pareciste nada tonto. Eso significó mucho para mí —le dijo Tory, y le hizo levantar la cara—. Significa mucho para mí.

Tory se humedeció los labios.

—Creo que todavía te quiero... si no te importa.

A Tory se le llenaron los ojos de lágrimas, y lo abrazó.

—Voy a echarte de menos como una loca. ¿Pensarías que soy idiota si te digo que desearía ser otra vez una niña de catorce años?

Él retrocedió con una sonrisa. Ninguna otra cosa que ella hubiera podido decir le habría complacido más.

—Supongo que si lo fueras, podría darte un beso de despedida.

Tory se echó a reír y le dio un ligero beso en los labios.

—Vamos, lárgate —le ordenó—. No hay nada que debilite más la confianza de un pueblo que ver a su sheriff llorando en mitad de la calle.

Tod, sintiéndose increíblemente maduro, se alejó corriendo. Al instante se dio la vuelta y se acercó unos pasos.

—¿Vas a escribir de vez en cuando?

—Sí, sí, escribiré.

Tory lo vio alejarse a toda velocidad. Su sonrisa perdió algo de brillo. Se dio cuenta de que estaba perdiendo mucho en el mismo día. Con energía, se dirigió hacia la oficina. No había llegado a la puerta cuando vio salir a Merle.

—Eh —le dijo él, y miró hacia atrás, a la puerta de la comisaría.

—Eh —respondió ella—. Acabas de conseguir un ascenso, Merle T.

—Tory, hay… ¿Eh?

—Tienes una facilidad de expresión increíble —bromeó ella con una sonrisa—. He dejado el trabajo. Tú serás el sheriff hasta las elecciones.

—¿Que has dejado el trabajo? —preguntó Merle con perplejidad—. Pero, ¿por qué?

—Tengo que volver a mi trabajo de abogada. Bueno, no tardaré mucho en ponerte al corriente de todos los procedimientos. Ya conoces la mayoría. Vamos dentro y empezaremos ahora mismo.

—Tory —dijo Merle. La tomó del brazo y la detuvo. La miró directamente a los ojos y le preguntó–. ¿Estás disgustada por algo?

Merle había madurado, claramente.

—Acabo de ver a Tod —le dijo ella. Era parte de la verdad, y todo lo que podía contarle–. Ese niño me conmueve.

Él respondió asintiendo lentamente, pero no la soltó.

—Ya sabes que la gente de la película se ha ido esta mañana.

—Sí, lo sé. Me imagino que no ha sido fácil para ti despedirte de Marlie.

—La echaré de menos —admitió él, observando atentamente a Tory–. Nos hemos divertido mucho.

Sus palabras fueron tan calmadas que Tory ladeó la cabeza y estudió su cara.

—Tenía miedo de que te enamoraras de ella.

—¿Enamorarme? —él soltó una carcajada–. Demonios, no estoy preparado para eso. De ningún modo.

—Algunas veces eso no importa —murmuró Tory–. Bueno, como no estás llorando ante una cerveza, ¿por qué no entramos a preparar las cosas? Me gustaría volver a Albuquerque antes de finales de esta semana.

—Eh… sí, claro —dijo Merle, mirando hacia los dos extremos de la calle vacía–. Antes tengo que hablar con alguien del… eh… del hotel. Ahora mismo vuelvo —dijo.

Tory lo miró con exasperación cuando él echó a correr.

—Bueno —dijo—. Algunas cosas no cambian.

Pensó en que aprovecharía el rato para recoger sus papeles y sus libros y entró en la comisaría.

Allí sentado, en su escritorio, examinando el revólver del cuarenta y cinco, estaba Phillip Kincaid. Ella se detuvo en seco y se quedó mirándolo con la boca abierta.

—Sheriff —dijo él, haciendo girar distraídamente el tambor.

—Phil —consiguió decir ella—. ¿Qué estás haciendo aquí?

Él no se levantó, sino que puso los pies sobre el escritorio.

—Se me ha olvidado algo. ¿Sabes que no descargaste la pistola anoche?

Ella ni siquiera miró el revólver. Se había quedado clavada en el sitio.

—Pensaba que te habías marchado hace horas.

—¿Sí? —preguntó él, y la miró fijamente. El agua fría y el maquillaje habían ayudado, pero él conocía su cara íntimamente—. Me marché —dijo después de un momento—. Pero he vuelto.

—Ah.

Así que tendría que enfrentarse de nuevo a una despedida. Tory ignoró la punzada de dolor que sintió en el estómago y sonrió.

—¿Qué es lo que se te ha olvidado?

—Te debo algo —respondió él. El gesto que hizo con la pistola fue muy sutil, pero claro.

Tory, divertida, arqueó una ceja.

—No te preocupes, vamos a dejarlo así —le sugirió. Quería ocupar las manos, así que se acercó al escritorio y comenzó a recoger los libros.

—No —respondió él—. No creo. Vuélvase, sheriff.

Aunque el fastidio era lo último que sentía, Tory puso cara de exasperación.

—Mira, Phil…

—A la celda —dijo él—. Puedo recomendarte la primera.

—Estás loco —dijo ella—. Si eso está cargado, puedes hacerle daño a alguien.

—Tengo que decirte un par de cosas —continuó él con calma—. Vamos —insistió, y de nuevo, hizo una señal hacia la celda.

—De acuerdo, Kincaid —respondió Tory, con las manos en jarras—. Sigo siendo la sheriff. La condena por agresión con arma de fuego a un representante de la autoridad es de…

—Cállate y entra en la celda —le ordenó Phil.

—Mira, toma esa pistola —le dijo Tory peligrosamente—, y…

Phil cortó la sugerencia que iba a hacerle tomándola por el brazo y llevándola a la celda. Entró con ella y cerró la puerta de golpe.

—¡Idiota! —exclamó Tory, y con impotencia, tiró con fuerza de los barrotes—. ¿Y cómo demonios vamos a salir ahora?

Phil se acomodó en el camastro y se apoyó en un codo con la pistola apuntada hacia el suelo. Estaba tan descargada como cuando Tory le había amenazado con ella.

—No tengo ningún sitio mejor al que ir.

Tory se volvió hacia él con los puños en las caderas.

—¿De qué va todo esto, Kincaid? Se supone que estabas a medio camino de Los Ángeles, y en vez de eso, estás sentado en mi escritorio. Y en vez de darme una explicación razonable, me amenazas con esa pistola como si fueras un matón de tres al cuarto...

—Creía que lo había hecho con estilo —replicó él con el ceño fruncido—. Claro que yo habría elegido la pistola con mejor gusto —dijo con una sonrisa—. Con la empuñadura de nácar, quizá...

—¿Es obligatorio que te comportes tan tontamente?

—Creo que sí.

—Cuando todo esto termine, vas a pasar meses en la cárcel. Años, si lo consigo —le amenazó Tory, y volvió a tirar de los barrotes.

—Eso no sirve de nada —le dijo él amablemente—. Yo lo intenté como un loco cuando estuve aquí hace meses.

Ella le hizo caso omiso y caminó hasta el ventanuco. No había ni un alma en la calle. Pensó en tragarse el orgullo y pedir ayuda a gritos. Sería ridículo que la sheriff tuviera que pedir que la sacaran de una celda. Por otra parte esperaba a Merle, al menos podría obligarle a jurar que mantendría el secreto.

—Está bien, Kincaid —le dijo ella entre dientes—. Vamos a resolver esto. ¿Por qué has vuelto, y por qué demonios nos has encerrado en una celda?

Él volvió a mirar la pistola y la dejó al borde del catre. Automáticamente, Tory midió la distancia.

—Porque... —su tono de voz había cambiado lo suficiente como para que ella lo mirara a los ojos—. Me encuentro en una situación imposible.

Al oír aquello, a Tory se le detuvo el corazón, y después comenzó a latirle a un ritmo frenético. Con cautela, se obligó a no sacar ninguna conclusión de aquella frase. Recordaba que Phil había usado aquellas palabras al hablar de amor, pero no significaba que quisiera decir lo mismo en aquella ocasión.

—¿Oh? —susurró ella, y tuvo que felicitarse por la brillantez de su respuesta.

—¿Oh? —Phil se levantó del catre con un movimiento rápido—. ¿Eso es todo lo que tienes que decir? Estaba a treinta kilómetros del pueblo —dijo con una repentina vehemencia—, cuando me di cuenta de que no podía continuar. Tú querías, y yo quería, una relación pasajera. Sin complicaciones. Disfrutaríamos el uno con el otro, y todo terminaría así.

Tory tragó saliva.

—Sí, eso fue lo que acordamos...

—Al cuerno lo que acordamos —dijo Phil, y la agarró de los hombros, agitándola hasta que ella se quedó boquiabierta—. Se ha complicado. Se ha complicado mucho, muchísimo.

La soltó de repente, y comenzó a caminar de un lado a otro de la celda.

—A treinta kilómetros del pueblo —repitió—, ya no pude seguir. Incluso anoche me decía que era lo mejor para los dos. Tú seguirías tu camino y yo el mío. Los dos tendríamos unos recuerdos preciosos —dijo, y se volvió hacia ella—: Maldita sea, Tory, quiero tener algo más que recuerdos de ti. Necesito más. Tú no querías que ocurriera esto, lo sé —prosiguió agitadamente, y se pasó la mano por el pelo. Ella permaneció en silencio—. Yo tampoco quería, o creía que no quería. Ya no lo sé. Quizá ocurrió en el primer instante, cuando entré aquí, o aquel día en el cementerio. Quizá ocurrió la noche del lago, o en otra ocasión. No sé cuándo sucedió, ni por qué. Lo único que sé es que te quiero. Y Dios sabe que no puedo dejarte. Lo he intentado, y no puedo.

Tory exhaló un suspiro tembloroso mientras se daba la vuelta hacia los barrotes. Apoyó la cabeza en ellos. El dolor de cabeza con el que se había despertado se había convertido en un mareo. «Un minuto», pensó. «Necesito un minuto para asimilarlo».

—Sé que tienes una vida y una carrera profesional

en Albuquerque —dijo Phil, luchando contra el nudo de pánico que tenía en el estómago—. Sé que es muy importante para ti. Yo no voy a pedirte que elijas nada. Hay muchas formas de equilibrar las cosas si dos personas desean hacerlo. He roto las reglas; estoy dispuesto a hacer los esfuerzos que sean necesarios.

—Esfuerzos... —murmuró Tory antes de volverse hacia él.

—Puedo ir a vivir a Albuquerque —dijo él mientras atravesaba la celda—. Eso no me va a impedir hacer películas.

—El estudio...

—Me compraré una avioneta y viajaré cuando sea necesario —dijo él rápidamente—. Ya se ha hecho antes.

—Una avioneta —dijo ella, riéndose, mientras se alejaba, pasándose las manos por el pelo—. Una avioneta.

—Sí, demonios, una avioneta —repitió Phil. La reacción de Tory no era la que él había esperado, y cada vez tenía más miedo—. Tú no querías que me fuera —dijo, en actitud defensiva, con furia—. Has estado llorando. Lo sé.

Tory, un poco más calmada, lo miró.

—Sí, he llorado. No, no quería que te fueras. Sin embargo, pensaba que era lo mejor para los dos.

—¿Por qué?

—No sería fácil mantener dos carreras profesionales tan exigentes y una relación.

–Un matrimonio –corrigió él–. Un matrimonio, Tory. Todo el paquete. Niños también. Quiero que tú tengas a mis hijos –dijo, y observó el cambio de sus ojos. No pudo identificar qué era, y se acercó a ella de nuevo–. He dicho que te quiero –añadió, tomándola por los hombros con suavidad–. Necesito saber qué es lo que tú sientes por mí.

Ella se quedó mirándolo a los ojos. ¿Él la quería? Sí. Tory lo veía; era real. Y además, Phil estaba sufriendo porque no estaba seguro. Las dudas se desvanecieron.

–Creo que he estado en una situación imposible desde el momento en que Merle te trajo a comisaría.

Tory sintió que sus dedos le apretaban los hombros, y después se relajaban de nuevo.

–¿Estás segura?

–¿De que estoy enamorada de ti? –preguntó ella, y por primera vez, sonrió ligeramente–. Tan segura que casi me muero cuando pensé que ibas a dejarme. Tan segura que iba a dejarte marchar porque soy tan tonta como tú.

Él enredó las manos entre su pelo.

–¿Tonta? –preguntó, atrayéndola hacia su cuerpo.

–Él necesita su propia vida. Hemos decidido no complicar las cosas. Me odiaría si le rogara que se quedara conmigo –recitó ella, y sonrió más–. ¿Te suena?

–Con un pequeño cambio de pronombre, sí –dijo

Phil, y la abrazó–. Ah, Tory. Anoche todo fue tan maravilloso… y tan terrible…

–Lo sé. Creíamos que era la última vez –murmuró, y lo besó en los labios–. Lo he estado pensando durante un tiempo –añadió, pero perdió el hilo de su pensamiento durante unos instantes, porque él volvió a besarla.

–¿El qué?

–Bueno, he estado pensando en mudarme a la costa.

Él le tomó la cara entre las manos e hizo que lo mirara a los ojos.

–No tienes por qué hacerlo. Ya te he dicho que puedo…

–Comprar una avioneta –terminó ella con una carcajada–. Sí, seguro que puedes. Pero yo había estado pensando, últimamente, en cambiarme de ciudad. ¿Y por qué no California?

–Ya hablaremos de eso.

–Al final –convino Tory, y lo atrajo para besarlo. Sin embargo, él se resistió un momento.

–Tory –le dijo con seriedad–. ¿Vas a casarte conmigo?

Ella pensó durante un momento.

–Puede ser práctico –dijo–, ya que vamos a tener todos esos hijos.

–¿Cuándo?

–Se tarda nueve meses –le recordó ella.

—La boda —le preguntó Phil, mordisqueándole el labio.

—Bueno, después de que hayas cumplido tu condena... unos tres meses...

—¿Qué condena?

—Uso ilegal de un arma de fuego, amenazas a una representante de la ley, uso impropio de una instalación penitenciaria... —Tory se encogió de hombros con una sonrisa deslumbrante—. Descontando la reducción de condena por buen comportamiento, saldrás en poco tiempo. Acuérdate de que todavía soy la sheriff, Kincaid.

—Y un cuerno —respondió él. Le quitó la placa de la camisa y la tiró fuera de la celda por los barrotes—. Además, nunca conseguirías probarlo.